TONOPAH '52

Andre bøger af Jürgen Klahn

<u>Krimier</u>:

Sommerfuglen
Brændende kærlighed (Jensen & Grete 1)
En bæredygtig død (Jensen & Grete 2)
Teatertorden (Jensen & Grete 3)
En sidste hilsen

<u>En sonetkrans</u>:

Ørslev Kloster

TONOPAH '52

Jürgen Klahn

TONOPAH '52

Jürgen Klahn


1. udgave



Forlag: BoD · Books on Demand, Strandvejen 100, 2900 Hellerup,
bod@bod.dk
Tryk: Libri Plureos GmbH, Friedensallee 273, 22763 Hamborg,
Tyskland

ISBN: 978-87-7691-971-9

EXT. YUCCA FLAT, NEVADA - DAG

Landskabsbillede i sorthvid af bjergene rundt om ørkenen
Yucca Flat. Et lysglimt oplyser himlen, billedet ryster, en
rumlen følger, og den ikoniske 'mushroom cloud' kendt fra
atomeksplosioner stiger til vejrs.

                    KOMMENTATOR (V.O.)
                 (energisk)
            Vi har netop været vidne til en
            atomprøvesprængning her på
            militærets testområde, NTS, i
            Nevadas ørken.


EXT. LAS VEGAS COCKTAIL-BAR - DAG

(Fortsat i sorthvid) Kameraet løber op ad barens facade til
barens flade tag, hvor gæster sidder med drinks og cigaretter
og med udsigt over den samme ørken som før. Blandt gæsterne
ses næroptagelser af ikoniske filmstjerner fra datidens
Hollywood (fx Robert Taylor, Ava Gardner, Frank Sinatra), som
er kommet for at blive set, hvor det sker, og som vender
deres ansigter op mod ørkensolen.

                    KOMMENTATOR (V.O.)
            I Las Vegas mødes kendte og ukendte
            for at følge skuespillet på nært
            hold og at få deres egen atomare
            teint under åben himmel.


INDSAT KLIP:

(Fortsat i sorthvid) Champagneskåle, hvorfra kølig damp
flyder ned over stilken, rækkes hen over disken til smukke
mænd og kvinder, der smiler og skåler med hinanden.

                    KOMMENTATOR (V.O.)
            Atom-cocktails nydes ...
            ... af en *atomic blonde*.


INDSAT KLIP:

(Fortsat i sorthvid) Kameraet zoomer ind på den smukkeste af
kvinderne, der puffer op i sit afblegede hår med et stort
smil og et luftkys til linsen.

                    KOMMENTATOR (V.O.) (CONT'D)
            Dette er vores tid. Den atomare
            tid. Dette er ... *atomalderen*!

EXT. WESTERN AUTO STORE I TONOPAH, NEVADA - DAG

Kameraet zoomer ud og afslører derved (nu i farver), at de
indledende scener blev vist på et fjernsyn i Western Autos
udstillingsvindue. Fjernsynet og butikken er designet i
amerikansk 1952-stil. WA er en forhandlerkæde af biltilbehør
og husholdningsapparater, herunder de første tv-modeller.

Kameraet zoomer yderligere ud og viser en lille gruppe af
kunder samlet uden for butikken: en husmor i spadseredragt,
en tekniker i overall, en forretningsmand i jakkesæt. Et
skilt på hjørnet angiver gadens navn og by: Main Street,
Tonopah.

En rumlen og et lysglimt på himlen får de tilstedeværende til
at dreje hovederne mod syd, men i dette tilfælde skyldes
fænomenet en flyver, der reflekterer solen. (Ud over NTS
lægger Nevada også jord til en militær lufthavn.)


EXT. MAIN STREET, TONOPAH - DAG

Ingen lægger mærke til den sorte 1948 Hudson Commodore, som
trækker ind til kantstenen længere henne ad gaden over for
Mizpah Hotel, hvis fem etager rager op i kvarteret: en høj og
majestætisk bygning med baldakin over indgangsportalen ud til
fortovet.

Mizpahs nabobygning på hjørnet af Main Street og St. Patrick
Street er knap så imponerende som hotellet - ved første blik
- men interessant på anden vis: 'The Tonopah Banking
Corporation' står der i guldbogstaver hen over det store
vejvendte  vindue. Indgangsdøren ligger ud til vejkrydset.

Bankens facade bader i sollys, mens den sorte Hudson holder i
skyggen.


NY VINKEL:

En førkrigs Ford *flatbed* brummer forbi banken og efterlader
en blågrå sky af halvforbrændt benzin. Da røgen letter, ses
bankens vindue fra den sorte Hudson Commodores synsvinkel.


EXT. THE TONOPAH BANKING CORPORATION - DAG

Ved sit skrivebord, med siden til vinduet med bankens navn
på, sidder den smukke bankfunktionær CHELSEA DERRINGER (29
år, forførende Hollywood-blondine med langt blødt hår). Solen
leger i hendes krøller, radierer på huden under den tynde
hvide bluse og sætter brysterne i relief.

                    COTTA (O.S.)
          *Jesus*, man kan se hendes knapper.

                    MCLEAN (O.S.)
          Ja, hvis man vil have min kugle for
          panden.

                    COTTA (O.S.)
          Slap af, mand.


INT. THE TONOPAH BANKING CORPORATION - DAG

Set fra indgangsdøren: En typisk 50'er-bank uden elektroniske
hjælpemidler, kun med skriveborde, hvor ansatte sidder bøjet
over deres arbejde, og med en kassedisk som frontlinje. I
baggrunden anes døren til direktørens kontor og et robust
pengeskab.

Kameraet vinkler sig ind på Chelsea Derringer ved hendes
skrivebord i vinduet. En kedelig MANDLIG BANKKUNDE (60 år,
tyndt hår, tweed-jakke) kaster gentagne lystne blikke på
hendes barm. Mens han udfylder en formular, kigger Derringer
gennem vinduets guldbogstaver ud på den sorte 1948 Hudson
Commodore parkeret på den anden side af gaden.


KLIP TIL DERRINGERS SYNSVINKEL:

I bilen sidder bag rattet CLEVELAND MCLEAN (30 år,
kortklippet blondt hår; *handsome*, dog med fortrædelige rynker
om mundvigene) og på passagersædet PERRY COTTA (30 år,
koparret, i sit udtryk dansende mellem hån og stridslyst).
Begge to har hvide T-shirts og sorte læderjakker på.

Derringer møder McLeans herskerblik hen over gaden og vender
sig bort - kun for at møde den kedelige kundes lystne blik
igen.


KLIP TILBAGE:

Derringer tager imod kundens formular med et forceret smil.
Bankdirektøren, JOHNSON HOWARD (55 år, en stilig mand med
firkantet kæbe, overskæg og konservativt jakkesæt), kommer
gående fra sit kontor og stiller sig bag ved Derringer,
tilsyneladende for at slå en sludder af med kunden, men i
virkeligheden for diskret at massere hendes nakke.

                    MCLEAN (O.S.)
          Det svin.

                    COTTA (O.S.)
          Hold nu kæft. Så er den her.


EXT. MAIN STREET, UDEN FOR BANKENS INDGANG - DAG

En pansret pengetransport kører op foran banken, og to
bevæbnede vagter stiger ud.

Den ene henter en fyldt pengesæk fra lastrummet, mens den
anden lægger hånden på sin pistol og holder øje med gaden -
men uden at lægge specielt mærke til den sorte Commodore,
fordi solen blænder vagten, og bilen står i skygge.

Bankens vagt, CURTIS BAIN (45 år, bredskuldret og klædt i
uniform), træder ud på fortovet med en hånd på sin pistol i
bæltet. Pengetransportens vagter fragter sækken ind i banken.


INT. BANKEN - DAG

Pengetransportens ankomst skaber et velkomment afbræk i
hverdagen. Personale og kunder træder til side. Chelsea
Derringer rejser sig fra sit skrivebord, mens Howard åbner
pengeskabet med en kode og kvitterer for modtagelsen af
sækken.


EXT. MAIN STREET, UDEN FOR BANKENS INDGANG - DAG

Pengetransporten kører væk, og bankens vagt går indenfor.


INT. HUDSON COMMODORE - DAG

                    COTTA
          Så er det nu.

McLean starter Commodoren, vender den og parkerer uden for
banken - ulovligt i vejkrydset, men beregnet på en hurtig
flugt.

McLean og Cotta trækker tørklæder op over munden og gør
pistoler klar under deres læderjakker. Idet de skynder sig op
til indgangen, ser de ikke politibilen, der kommer crusisende
bag deres ryg, i periferien gør sin egen u-vending og
standser bag ved Commodoren.

Imens fortsætter den animerede stemning inde i banken:


INT. BANK - DAG

Johnson Howard kan ikke modstå fristelsen til at tage en
håndfuld penge fra sækken, mens han storsmiler til kunder og
medarbejdere.

                    HOWARD
          Så husker man, hvorfor man valgte
          bankbranchen.

Personalet ler høfligt - indtil Cotta og McLean brager ind ad
døren. Cotta sigter med sin pistol på Howard.

                    COTTA
              (af lungernes fulde kraft)
          Op med grabberne. Stil sækken her!
                    (MORE)

> COTTA (CONT'D)
> Og så hen i hjørnet med jer alle
> sammen.

Howard adlyder og vil følge efter de fleste af sine
medarbejdere, men ser, at Derringer spilder tid på at samle
sin håndtaske op.

> HOWARD
> Kom!

Howard vil tage Derringer i hånden, men McLean tager sigte og
skyder ham i én og samme bevægelse.

Howard falder død om.


KLIP:

Uden for bankens indgang er POLITIBETJENTEN (en ung mand med
tyde arme i sin kortærmede uniformsskjorte) steget ud af sin
cruiser med en bødeblok i hånden. Skuddet inde fra banken får
han til at smide blokken og fumle efter sin pistol.


KLIP TILBAGE:

Inde i banken har skuddet udløst kaos. Kunder og ansatte
skriger. Bankens vagt benytter McLeans distraktion til at
trække sin pistol. Han skyder, men rammer Cotta, der falder
om.

McLean snurrer rundt, skyder vagten, samler pengesækken op og
griber fat i en stivnet Derringer. Han rykker i hende.

> MCLEAN
> Du kommer her!

Derringer adlyder med et forfærdet blik på de storblødende
skudofre, han hiver hende hen over.


EXT. MAIN STREET - DAG

Politibetjenten, der har vovet sig hen til indgangen, bliver
skubbet ind i muren af den kraft, McLean braser ud gennem
døren med.

I farten affyrer McLean to skud, der sprænger nogle splinter
af bankens mur, inden han smider pengesækken ind på bagsædet
af Commodoren og skubber Derringer ind på passagersædet.


INT. COMMODORE - DAG

McLean multitasker: Han affyrer et skud mere mod politibilen
og skifter pistolen over i venstre hånd, så den sigter på
Derringer, inden hun når at komme til hægterne efter
medfarten.

Mens han starter bilen med højre hånd og trykker speederen i
bund, rammer to skud Commodoren med en metallisk lyd.


EXT. MAIN STREET - DAG

Den unge politibetjent er kommet på banen. Han affyrer flere
skud. Bankens alarm hyler, og vicedirektør CARL CARSON (42
år, kedeligt jakkesæt med vest og tyndhåret før tid) kommer
løbende indefra.

                    CARSON
                 (råber)
          Ikke skyde! Han tog Chelsea til
          gidsel.


EXT. BYGRÆNSEN - DAG

Commodoren fræser ud over bygrænsen, med kun de oprindelige
to skudhuller i kofangeren.


INT. MAIN STREET, TONOPAH - DAG

En flok nysgerrige tilskuere har samlet sig uden for banken,
hvor bankrøveriet og gidseltagningen fandt sted. Sherif GENE
HAGSTROM (60 år, vejrbidt, en hård western-type med sherif-
stjerne på anorakken og cowboyhat på hovedet) står ved
patruljevognen og taler til den unge politibetjent i
førersædet.

                    HAGSTROM
          Kom ind på synsvidde af flugtbilen,
          men lad være med at skyde. Husk,
          han har et gidsel. Bare meld
          tilbage, hvor rejsen går hen, så vi
          kan sætte vejspærringer op.

Han klasker på bilens tag, og patruljevognen sætter i gang
med hjulspind, mens tilskuerne ser på med åben mund.


INT. BANKEN - DAG

Et virvar af stemmer afspejler kundernes og de ansattes panik
fra overfaldet. To uniformerede betjente og nogle paramedics
kigger på de tre skudofre, der ligger på gulvet: vagten
Curtis Bain, bankdirektør Johnson Howard og den efterladte
bankrøver, hvis identitet politiet endnu ikke kender.

Gene Hagstrom går rundt i bankens ekspeditionsområde og
danner sig de første indtryk af gerningsstedet, men har svært
ved at finde arbejdsro.

MISS MONK (62, spadseredragt, permanentet), bankens ældre
kassedame, står forgrædt og vrider hænder.

                    MISS MONK
          Hvorfor skød de Curt og Mr. Howard?

Den mandlige bankkunde fra før er rystet.

                 MANDLIG BANKKUNDE
          Hvornår kan jeg nu få mine indskud
          udbetalt?

Sheriffen ignorerer deres jammer. Han undersøger den døde
bankdirektør, finder en tegnebog og et nøglebundt på ham og
lader dem forsvinde i sine egne lommer.

Han retter sig op og skærer igennem uroen.

                    HAGSTROM
                 (hæver stemmen)
          Prøv at beskrive ham bankrøveren,
          der flygtede.


EXT. HIGHWAY UDE PÅ LANDET - DAG

McLean holder ind til vejsiden.

                    DERRINGER
          Vil du også skyde mig nu?

                    MCLEAN
          Hold kæft. Du kører.


EXT. NEVADAS ØRKEN I FUGLEPERSPEKTIV - DAG

'Route 95', står der på et vejskilt. 'Las Vegas 215 miles'.
Den sorte Hudson Commodore kører sydpå ad Nevadas uendelige
landevej. Der er tilsyneladende ingen anden trafik. Solen
skinner fra en skyfri himmel. Landskabet er fladt, goldt, med
lejlighedsvise klippeformationer og enkelte yucca-træer.

Et byskilt varsler: 'Goldfield, 3 miles'.


KLIP TIL GOLDFIELDS HOVEDGADE:

En politibil står og spærrer tværs over kørebanen. En
uniformeret politimand støtter sin præcisionsriffel på bilens
tag. Flere bevæbnede lokale mænd står også og venter på, at
bankrøveren skal komme kørende nordfra.


KLIP TILBAGE TIL ROUTE 95 UDEN FOR GOLDFIELD:

Commodoren forlader hovedvejen, runder flækken på en række
støvede markveje og finder hovedvejen igen med Goldfield i
bakspejlet.

INT. COMMODORE - DAG

                    MCLEAN
          (gør spejderhilsen til
           Goldfield i spejlet)
     Vær beredt.

Han sender Derringer et blink med det ene øje, som hun ikke
reagerer på.

Hans konspiratoriske smil bliver ubehageligt. Han rækker ud
og trækker hendes kjole op over hendes knæ, hendes lår - op
til det sted, hvor strømperne ender, og hofteholderens
stropper kommer til syne.

Derringer kigger op i bakspejlet og rynker panden.

McLean retter på bakspejlet for at se, hvad hun har fået øje
på, og bander.

                    MCLEAN (CONT'D)
     Fuck!


SET I SPEJLET:

En politibil er dukket op.

                    MCLEAN
     Fandens pansere.

Han trækker pistolen.

                    MCLEAN (CONT'D)
     Sæt farten ned.

Derringer adlyder, og politibilen kommer nærmere. McLean
læner sig ud ad vinduet og skyder.


EXT. POLITIBILEN - DAG

Politibilen slingrer ud i rabatten og slår en kolbøtte.


INT. COMMODORE - DAG

McLean og Derringer fortsætter ad landevejen med Derringer
bag rattet. En ustabil AM-station knitrer med swing-musik i
bilradioen. Udsendelsen afbrydes:

                    RADIOSPEAKER
          (overgearet)
     Ifølge et nyhedstelegram, jeg får
     ind ad døren i dette øjeblik, har
     et blodigt bankrøveri fundet sted i
     Tonopah, Nevada.
                    (MORE)

                    RADIOSPEAKER (CONT'D)
          Politiet efterlyser vidner til
          flugtbilen, en sort Hudson
          Commodore, og maner til
          forsigtighed. En bankansat blev
          taget som gidsel. Stay tuned for
          mere om den opsigtsvækkende sag her
          på KOH, *your King of the Hills*, på
          AM 780 kHz, og husk, at Colgate
          tandpasta renser din ånde, mens den
          renser dine tænder.

McLean blotter sine ikke helt hvide tænder, læner sig ind
foran Derringers ansigt og kysser hende på munden - til
hendes åbenlyse modvilje.

Et vejskilt kommer nærmere. På vejskiltet står der en pil til
højre og ordene: 'Route 266, Oasis, California'.

                    MCLEAN
               (peger)
          Kør om bag det krat af tørre buske
          derovre.


EXT. BAG KRATTET - DAG

En åben Cadillac står og venter.

Derringer styrer Commodoren ind bag Cadillacen. Hun og McLean
stiger ud. McLean tager pengesækken og en fyldt vadsæk med
over i Cadillacen, som i forvejen er fyldt med udstyr. De
sætter sig begge to ind i den og fortsætter flugten,
Derringer ved rattet.

Hun vil følge pilens retning på skiltet, vestpå mod Oasis,
Californien, men McLean peger den anden vej.

                    MCLEAN
          Vi skal længere sydpå.


INT. CADILLAC - DAG

Et vejskilt dukker op med pil til venstre: 'Mojave Desert /
Death Valley / Nevada Test Site.'

                    MCLEAN
          Følg pilen.

Derringer drejer fra hovedvejen ind på en støvet grusvej. En
paddehat af røg stiger op i horisonten.

                    DERRINGER
          Hvad har du for?

INT. BANK I TONOPAH - DAG

Sheriffen undersøger gerningsstedet. En politifotograf tager billeder af ligene på gulvet, mens paramedicinere gør klar til at bære dem ud på bårer. Udenfor blinker en ambulances udrykningslys gennem vinduerne.

GENE HAGSTROM sparker til Perry Cottas livløse krop med sin cowboystøvle.

                    HAGSTROM
          Hvem fanden er du? Hvem er din
          makker?

En telefon ringer på det nærmeste skrivebord, og Hagstroms deputy, PABLO MENDEZ (45 år, solbrændt, kraftigt sort hår og overskæg med kun de første grå stænk; klædt i deputy-uniform), besvarer opkaldet.

                    MENDEZ
          (ind i telefonen)
          Pablo her.

Pablo lytter og gør tegn til Hagstrom.

                    MENDEZ (CONT'D)
          (til sheriffen)
          Trooper Gordon i røret, sherif.
          Gerningsmanden har totalskadet hans
          cruiser på Route 95 syd for
          Goldfield.

Hagstrom river telefonrøret ud af Pablos hånd og råber ind i røret.

                    HAGSTROM
          (ind i telefonen)
          Sagde jeg ikke, I skulle holde
          afstand fra flugtbilen?

Han lytter.

                    HAGSTROM (CONT'D)
          Okay. Modtaget.

Han smækker røret på, men ringer straks et andet nummer op.

                    HAGSTROM (CONT'D)
          (Ind i telefonen)
          Herb? Lyt efter! Gerningsmanden har
          skiftet bil. Vi ved ikke, hvad han
          kører i nu, men han ser ud til at
          være på vej vestpå, ad Route 266
          mod Oasis. Sæt vejspærringer op før
          statsgrænsen til Californien, men
          husk, han er bevæbnet og har et
          gidsel med sig.

EXT. MAIN STREET - UDEN FOR BANKEN - DAG

En større gruppe nysgerrige har samlet sig omkring banken,
ambulancerne og de to politibiler, der står med blinkende
lygter. Blitzlys flasher. En pressefotograf tager billeder af
sheriffen, som gør sig større, strækker skuldrene og vipper
sin cowboyhat tilbage, så hele hans vejrbidte ansigt og hårde
skikkelse kommer til deres fuld ret.

En journalist - SAM JONES (35 år, krøllet jakkesæt, filthat
og med en cigaret klemt fast bag øret) træder frem, klar med
sin notesblok og pen.

                    JONES
          Sam Jones, Tonopah Times-Bonanza
          and Goldfield News!

                    HAGSTROM
          Jeg ved sgu da godt, hvem du er,
          Sam. Har vi andre aviser i byen end
          din?

                    JONES
          Hvad sker der i banken?

Hagstrom stiller sig bredbenet op og skuer ud over
folkemængden.

                    HAGSTROM
             (taler til alle)
          Bankdirektør Johnson Howard og hans
          vagt Curtis Bain er døde. Det samme
          er den ene gerningsmand. Den anden
          har taget bankens kasserer Chelsea
          Derringer som gidsel, men vi
          standser ham, inden han når til
          Californien.

Mens journalisten tager noter, træder en elegant mand i
midten af trediverne frem. Han vil vise sig at være MICHAEL
DUNKIRK (35 år, skarpe ansigtstræk, selvsikker og sharply
dressed efter nyeste mode i jakkesæt og slips).

                    DUNKIRK
          Statsgrænserne gør ingen forskel.


KAMERAET ZOOMER IND PÅ DE TO MÆND. HAGSTROM SKUBBER DEN
ELEGANTE MAND UD AF RAMPELYSET.

                    HAGSTROM
          Siger hvem?

                    DUNKIRK
          Michael Dunkirk, FBI. (Han flipper
          sit FBI-skilt.) Og jeg overtager
          hermed sagen.

                    HAGSTROM
          Vi er udmærket i stand til at tage
          vare på os selv her i byen.

                    DUNKIRK
          Mord begået i forbindelse med et
          bankoverfald er en føderal
          forbrydelse.

                    HAGSTROM
          Carl var min ven. Alle her i byen
          kendte ham.

                    DUNKIRK
          Personlige motiver har før afsporet
          en efterforskning.

Hagstrom vender sig mod journalisten og dikterer.

                    HAGSTROM
          Det samme har jagten på en hurtig
          forfremmelse.


INT. MAIN STREET, TONOPAH - DAG (FORTSAT)

Nysgerrige tilskuere, politibiler og ambulancer danner en
kaotisk baggrund. Sherif Hagstrom og journalist Jones stikker
hovederne sammen. Jones vejrer en god skandale.

                    JONES
          Mener du, at FBI-agent Dunkirk
          sætter sin karriere højere end at
          befri gidslet og få gerningsmanden
          dømt?

                    HAGSTROM
          Jeg skal personligt sende
          gerningsmanden i gaskammeret, men
          hold det foreløbig uden for
          referat.

Han ser på Dunkirk, der står og udveksler nogle bemærkninger
med en politimand i baggrunden, og tager en beslutning.

                    HAGSTROM (CONT'D)
               (til Dunkirk)
          Du må undskylde min emotionelle
          reaktion.
               (smiler jovialt)
          Selvfølgelig vil vi gøre alt for at
          hjælpe de føderale myndigheder.

Hagstrom rækker hånden frem og trykker Dunkirk på næven. Han
gør tegn til sin deputy, der står i baggrunden, om at komme
nærmere.

                    HAGSTROM (CONT'D)
               (til Dunkirk)
          Min deputy, Pablo Mendez, vil gerne
          være dig behjælpelig. Han er lokalt
          kendt og loyal og kan åbne døre for
          dig.

Dunkirk hilser på Mendez, men afbrydes af Sam Jones, der
trænger sig på.

                    JONES
               (pen til notesblokken)
          Hvordan vil FBI gribe sagen an?


EXT. LIDT AFSIDES FRA PRESSENS BEVÅGENHED - DAG

Hagstrom tager Mendez til side for en snak under fire øjne.

                    HAGSTROM
          Slip ham ikke af syne, og lad mig
          høre, hvad han går og fifler med.

                    MENDEZ
          Klart.

Mendez vil gå tilbage til Dunkirk, men Hagstrom griber fat i
hans arm.

                    HAGSTROM
          Og lad ham ikke snyde dig med alle
          de paragraffer, Pablo. Var offeret
          en af dine *hermanos*, havde drabet
          nok ikke været så føderal en
          forbrydelse endda.


EXT. ØRKENVEJ ØST FOR ROUTE 95 - DAG

Sneklædte bjergtoppe anes i horisonten. En støvet grusvej
strækker sig gennem den øde ørken (østpå, hvilket ses på, at
solen står til højre for bilen). Cleveland McLean (ved
rattet) og Chelsea Derringer kører i den åbne Cadillac, mens
AM-radioen, knitrende med statisk støj, spiller Glenn Miller
big band-swing.

Musikken afbrydes af en nyhed.

                    RADIOSPEAKER (O.S.)
               (overgearet)
          Der har været meldinger om nye
          atomsprængninger nord for Las
          Vegas, men skynd dig, hvis du vil
          have en plads på første parket.
          Politiet melder om bilkøer af
          nysgerrige langs Route 95 rundt om
          byen og stor trængsel på barernes
          udsigtsplatforme.
                    (MORE)

                    RADIOSPEAKER (O.S.) (CONT'D)
          I Tonopah er der intet nyt om
          jagten på gidseltageren, og husk,
          at en æske tændstikker og en pakke
          Old Gold-cigaretter er det eneste,
          du behøver for at være glad, min
          ven ...

McLean skæver til Derringers bare lår. Hun har smidt en sko
og taget solbriller på og sidder med den ene fod trukket op
under sig.

McLean skifter frekvens og finder politiradioen. En dyb
mandestemme lyder over statikken.

                    POLITIRADIO, 1. STEMME (O.S.)
          Vogn 13 her fra Route 266.

                    POLITIRADIO, 2. STEMME (O.S.)
          Jeg hører dig, vogn 13. Kom ind.

                    POLITIRADIO 1. STEMME (O.S.)
          Melder, at vejspærringen på vores
          side af statsgrænsen er på plads.

                    POLITIRADIO, 2. STEMME (O.S.)
          Det er modtaget.

McLean griner.

Straks efter stirrer han fremad og bremser bilen.

                    MCLEAN
          Hvad er det?


EXT. ØRKENVEJ - DAG

I det fjerne holder en politibil stille. McLean løfter en
kikkert og zoomer ind på TROOPER TOM WHITE (midaldrende, med
nogle overflødige kilo under uniformen), der står lænet mod
politibilen.

McLean sænker kikkerten, stiger ud og fisker en rejsetaske
frem bag sædet. Han rækker Derringer noget tøj.

                    MCLEAN
          Tag det her på.

Derringer tøver.

                    MCLEAN (CONT'D)
          Beklager, der ikke er noget
          omklædningsrum.


EXT. POLITIBIL I VEJSIDEN - DAG

Trooper Tom White signalerer 'Stop'.

Cadillacen standser, nu med Derringer bag rattet. Hun har solbriller, en sorthåret paryk og en stram, nedringet T-shirt på.

                    DERRINGER
               (sænker solbrillerne)
          Officer. Hvad skyldes æren?

                    WHITE
          De har kurs mod sikkerhedsbæltet
          omkring det nukleare testområde for
          atomprøvesprængninger, miss.

                    DERRINGER
          Jeg tilstræber den perfekte *tan*,
          officer.
               (fingerer ved sin
                kavalergang)
          På *hele* kroppen.

White tager øjnene til sig selv for i stedet at kaste et kritisk blik på mellemrummet mellem for- og bagsæderne, som er fyldt op med strandtæpper og en parasol.

                    WHITE
          De burde ikke køre så langt ud i
          ørkenen uledsaget.

                    DERRINGER
          Det håbede jeg, De ville sige,
          officer.

Hun rækker over og åbner passagerdøren, og White gør en ubevidst bevægelse rundt om  bilen, men standser, da hun tilføjer:

                    DERRINGER (CONT'D)
          Deres kone må være en meget heldig
          kvinde med en stærk mand som Dem
          ved hånden.

                    WHITE
               (rømmer sig)
          Bare De husker at overholde
          skiltningen og holder til venstre
          længere henne, hvor vejen deler
          sig.


INT. CADILLAC - DAG

Chelsea Derringer kører videre. I bakspejlet forsvinder den forvirrede politimand i bilens støvsky.

McLean dukker op fra sit skjul under tæpperne mellem sæderne.

                    MCLEAN
          Hvad skal vi med atombomber, når vi
          har en sexbombe som dig i bilen.

Et skilt dukker op i siden af den sammenfletning af to
grusveje, politimanden omtalte: 'U.S. ATOMIC ENERGY
COMMISSION - NEVADA TEST SITE'.

Lidt senere dukker der endnu et skilt op, kun halvt læseligt,
længere inde i landskabet: 'RADIATION HAZARD - TOUCHING OR
REMOVING ... IS PROHIBITED ...'


EXT. ØDE GRUSVEJ - EFTERMIDDAG

Den åbne Cadillac fortsætter langs den stadig mere ujævne og
støvede grusvej. Solen vandrer vestover; buske og klipper
kaster stadig længere skygger frem i landskabet. De sneklædte
bjerge i horisonten er kommet nærmere.

Ved bjergenes fod dukker der en forladt spøgelsesby op,
hvoraf kun nogle faldefærdige træhuse og hytter står tilbage.


EXT. SPØGELSESBY - EFTERMIDDAG

Trods den fremskredne dagstid er der stadig lyst på bjergenes
vestlige sige. Ved et faldefærdigt yucca-træ drejer
Cadillacen ind på grunden til en forsømt hytte med en ruin af
et skur ud til vejen.

McLean smider ragelset fra bilens bagsæde ind i skuret, tager
pengesækken og vadsækken fra bagagerummet og bærer dem hen
til hytten. Undervejs vender han sig om efter Derringer, der
står og væmmes ved en manuel vandpumpe med håndsving og det,
der må være et udendørs das hinsides gårdspladsen.

                    MCLEAN
          Skal du have en skriftlig
          invitation?

Han går ind i hytten, og hun følger ham noget af vejen, men
standser i døråbningen, hvorfra det forekommer som at kige
fra dagen udenfor ind i natten indenfor.


INT. HYTTE - EFTERMIDDAG

Der er et mørkt køkken-alrum med støvede møbler. Bræddegulv,
et skævt bord, slidte stole, en støbejernsovn med skorsten op
gennem taget, et brændekomfur og et gammelt køkkenskab.

Hullerne i gardinerne lader kun et svagt lys slippe ind på en
udtjent seng af støbejern med en slidt madras og assorterede
tæpper på.

                    DERRINGER
                (fra døren)
            Hvad er det her for et sted?

McLean dumper pengesækken på den eneste lænestol og går hen
til hende. Han kærtegner hendes kind, lader hånden glide om i
hendes nakke og trækker hårdt i hendes hår. Derringers ansigt
forvrænges i smerte.

                    MCLEAN
            Var det sådan, Howard gjorde ved
            dig?

                    DERRINGER
                (kæmper imod)
            Lad være, Cleve.

McLean holder fast.

                    MCLEAN
            Kunne du lide det med ham?

Hun rykker sig fri.

                    DERRINGER
            Johnson var nænsom. Han kaldte mig
            sin datter.

                    MCLEAN
            Den perverse stodder.

                    DERRINGER
                (blidere)
            Glem nu Howard.

Hun tager i reversen på McLeans jakke og trækker ham ind til
sig. Hun stryger hånden over hans bryst og kysser ham på
munden. Hendes hånd glider længere ned, ud af billedet.

                    DERRINGER (CONT'D)
                (hvisker)
            Du ved, hvad jeg kan lide.

                    MCLEAN
            Din lystne tøjte.

Han presser hende op ad dørkarmen. Hans hænder glider op
under hendes kjole. Hun trækker jakken af ham.


INT. HYTTE: SENGEN - DAG

McLean og Derringer vælter ned på sengen i en voldsom
omfavnelse. De stønner og vrider sig, den udtjente madras
giver sig rytmisk, og deres lidenskabelige bevægelser fylder
rummet.

EXT. MAIN STREET, TONOPAH - EFTERMIDDAG

Uden for banken adskiller Michael Dunkirk i sit elegante
jakkesæt sig fra de støvede lokale. Han tilkæmper sig adgang
til banken, forbi  nysgerrige tilskuere og to mistroiske
politibetjente, ved at flashe sit FBI-skilt.

Deputy Pablo Mendez følger ham med et skuldertræk til
betjentene.

Undervejs ind i banken vender Dunkirk sig om mod Mendez.

                    DUNKIRK
          En menneskejagt på landevejene kan
          være ophidsende, men hvis man
          kender gerningsmanden, behøver man
          ikke halse efter ham. Så kan man
          fange ham der, hvor han er på vej
          hen.


INT. BANK - EFTERMIDDAG

Dunkirk står over for bankens vicedirektør, Carl Carson.

                    DUNKIRK
          Du så kidnapperen på tæt hold.

                    CARSON
               (ryster på hovedet)
          Jeg er ikke nogen helt. Jeg var alt
          for chokeret til at indprente mig
          hans udseende.

                    DUNKIRK
          Et eller andet må du vel have set.

                    CARSON
          De havde tørklæder for ansigterne
          og viftede med deres pistoler. De
          var skydegale. Der var ingen grund
          til at skyde Howard og Curtis, men
          de gjorde det alligevel.

Dunkirk kaster et blik rundt i lokalet, hvor vidnerne til
overfaldet, de bankansatte og kunderne, står og tripper efter
at blive lukket ud.

                    MENDEZ
               (til Dunkirk)
          Vi har talt med dem. De ved lige så
          lidt som Carl.

                    DUNKIRK
               (til Carson)
          Har du et foto af gidslet?

                    CARSON
          Ja, selvfølgelig. Chelsea Derringer
          er vores nye kasserer.

Han rækker Dunkirk et foto af Derringer, der ligner en
tidstypisk filmstjerne med blødt, atomblondt hår og en
sanselig udstråling bag det søde smil.

Mens Dunkirk former læberne til et lydløst pift, opdager
Mendez i baggrunden et eller andet uden for banken og går
derud.

For en stund er Dunkirk alene med Carson.

                    DUNKIRK
          Har hun familie?

                    CARSON
          Hun bor alene med sin datter, men
          har også en mor her i byen.

                    DUNKIRK
          Hvor er datteren?

                    CARSON
          Hos Chelseas mor.

Carson vender billedet om, så Dunkirk kan se Derringers navn
og personlige oplysninger på bagsiden.

                    CARSON (CONT'D)
          Hendes papirer ligger i arkivet,
          hvis du skal vide mere.

                    DUNKIRK
          Ja tak.

                    CARSON
             (med blik på den døde
              vagt)
          Curtis ville have fejret sit 25-års
          jubilæum til november.

Pablo Mendez kommer ind ad døren igen.

                    MENDEZ
             (til Dunkirk)
          Jeg skulle hilse fra lægen. Den
          anden gerningsmand er ikke død, men
          bevidstløs.

                    CARSON
          Han har fortjent at dø.

                    DUNKIRK
          Vi mangler at afhøre ham først.

                    MENDEZ
          De giver ham blod, men han ligger i
          koma. Lægen lover at ringe, hvis
          han kommer til sig selv.


EXT. MAIN STREET - EFTERMIDDAG

Tonopah, Nevada, 1952 er en tidligere mineby på små 3.000
indbyggere. På hovedgaden passerer fodgængere forbi Marlon's
Diner; biler kører forbi med jævne mellemrum.


INT. MARLON'S DINER - SIDST PÅ EFTERMIDDAGEN

Lokalet emmer af 50'er-stil med forkromede lister og
polstrede sofasæder. Radioen spiller samme slags swingmusik,
som McLean og Derringer tidligere hørte i deres Cadillac.

Michael Dunkirk og Pablo Mendez sidder i en bås med hver sin
cola og hamburger. Samtidig med den efterfølgende dialog
spiser og drikker de.

Oppe ved baren og rundt om i lokalet er de andre gæster
typiske Nevada-folk: landarbejdere, håndværkere, to
kvindelige sekretærer osv.

En mand i kedeldragt nikker til Pablo, men vender hurtigt
blikket væk, da han får øje på Dunkirk.

                    DUNKIRK
               (til Pablo)
          Tør jeg gætte på, du ikke ligefrem
          meldte dig frivilligt til at følges
          med mig?

                    MENDEZ
          Den vurdering må stå for Deres egen
          regning, sir.

                    DUNKIRK
          Kald mig Mike.

                    MENDEZ
          Pablo.

                    DUNKIRK
          Er du med mig eller sheriffen,
          Pablo?

                    MENDEZ
          Jeg tænker på bankdirektøren. Mr.
          Howard var den eneste, der ville
          låne os penge, dengang Rita og jeg
          ledte efter et hus her i byen.

                    DUNKIRK
          Har I mange små bambinos?

                    MENDEZ
          Jeg er mexicaner, ikke en
          spaghetti.

                    DUNKIRK
          Undskyld. Niños.

                    MENDEZ
          Ingen. Rita havde ønsket sig en
          niña, men så heldige har vi
          desværre ikke været.

                    DUNKIRK
          Det er jeg ked af.

                    MENDEZ
          Må jeg selv spørge dig om noget?

                    DUNKIRK
          Skyd løs.

                    MENDEZ
          Hvordan kan det være, du dukkede op
          i lige netop Tonopah på lige netop
          det rette tidspunkt til at overtage
          sagen?

                    DUNKIRK
          Jeg er udstationeret til Nevada i
          forbindelse med
          atomprøvesprængningerne.
          Kommunisterne vil gøre alt for at
          lure os hemmeligheden af, så vi må
          forvente, at nogle af deres spioner
          holder et vågent øje med området
          under dække af at være
          atomturister.

Han skubber sin tomme tallerken fra sig og dupper munden med
en papirserviet.

                    DUNKIRK (CONT'D)
          Vi må tale med Derringers mor.


EXT. UNIVERSITY STREET, TONOPAH - AFTEN

Et velholdt treetagers udlejningshus på University Street, en
stille vej lidt væk fra Main Street. Dunkirk og Mendez finder
navnet ABIGAIL DERRINGER ved ringeklokken uden for døren og
ringer på.


INT. STUE PÅ 1. SAL - AFTEN

Stuen er lille, men elegant indrettet med sofa, polstrede
lænestole og kaffebord.

Et tidligt 50'er-fjernsyn kører lydløst i sorthvid. Fra
vinduet ses en sidste rest af aftensol farvelægge nogle
sneklædte bjergtoppe i det fjerne.

ABIGAIL DERRINGER (50 år, men elegant klædt og stadig slank,
med fyldigt, rødgyldent hår) har modtaget politimændenes
rapport stående oppe og med rank ryg. Nu ser hun på Dunkirk
med et fattet udtryk.

                    ABIGAIL
              (med let sydstatsaccent)
          Kender De fornemmelsen af et ondt
          varsel, Supervisory Special Agent?
              (kigger ud ad vinduet)
          Da jeg hørte alarmen og skuddene,
          vidste jeg straks, den var gal.

                    DUNKIRK
              (med hatten i hånden)
          Jeg er ked af de dårlige nyheder,
          Mrs. Derringer, men jeg lover Dem,
          at vi gør alt for at få Deres
          datter hjem i god behold.

                    ABIGAIL DERRINGER
          Det er jeg sikker på, De vil gøre,
          sir.

                    DUNKIRK
          Kald mig Mike, madam.

                    ABIGAIL
          Chelsea er min eneste datter.

                    DUNKIRK
          Jeg forstår.

                    ABIGAIL DERRINGER
          Vil De ikke sidde ned, Mike. Må jeg
          byde på noget?

Dunkirk sætter sig på sofaen. Mens Abigail skænker op i to
glas, fokuserer han på nogle fotos af Chelsea Derringer, der
ligger fremme på sofabordet.


INT. STUE - AFTEN

Mendez, som er gledet stadig længere ud af samtalen og heller
ikke får tilbudt noget nu, sætter sig ned på gulvet til
MARILYN DERRINGER (en køn lille pige på syv år i flæsekjole
og med sløjfer i det lyse hår), der giver sin dukke en ny
kjole på.

                    MENDEZ
          Det er en meget fin dukke. Har den
          et navn?

                    MARILYN
          Hun hedder Chelsea, ligesom min
          mor. Synes du, hun er smuk?

                    MENDEZ
          Meget smuk. Det synes min kollega
          vist også.


KAMERAET SVINGER OP TIL ABIGAIL OG DUNKIRK, DER HAR SVÆRT VED
AT FJERNE BLIKKET FRA HENDES FOTOS AF CHELSEA.

                    ABIGAIL
               (til Dunkirk)
          Det vil sikkert ikke overraske Dem,
          at mange mænd falder for hende.


INT. BJERGHYTTE - AFTEN

Det eneste lys kommer fra en petroleumslampe. Derringer og
McLean ligger og kommer sig i den rodede seng.

McLean klapper Derringer på kinden.

                    MCLEAN
          Det var godt.

Han står op, iført underbukser og undertrøje. Hans krop er
muskuløs som en boksers.

                    MCLEAN (CONT'D)
          Steg en steak til mig, vil du. Jeg
          har mad i vadsækken.

Derringer sætter sig op, skærmer sin nøgne overkrop med den
ene hånd og samler sit tøj med den anden.


INT. HYTTENS KØKKENHJØRNE - AFTEN

Derringer står ved et snavset brændekomfur, iført sit pæne
kontortøj og et snavset forklæde, og steger en sydende steak
i en stor sort støbejernspande. McLean øjner hende med sit
herskerblik, mens han drikker bourbon.

Han kærtegner pistolløbet som en erotisk gestus.

                    MCLEAN
          Kunne du lide det, vi gjorde før?

                    DERRINGER
               (uden overbevisning)
          Jeg elskede det.

McLean griner hånligt.

Han lægger pistolen på spisebordet og tænder for det, der
ligner en tidlig  bilradio baseret på radiorørteknologi, som
han forbinder med et bilbatteri. Den store antenne, han
spænder ud, har svært ved at fange signaler, selv da
radiorørene er varmet op.

Alligevel begynder en nyhedsoplæsers stemme at glide ind og
ud af frekvensen.

> NYHEDSOPLÆSER (I RADIOEN)
> I forbindelse med bankoverfaldet og
> gidseltagningen i Tonopah tidligere
> i dag har politiet offentliggjort
> et foto af gidslet, den
> niogtyveårige ...

Stemmen forsvinder.

McLean skruer forgæves på frekvenserne. Han bander.

Mens han makker stadig mere arrigt med antennen, tager
Derringer - under akustisk dække af radiostøjen og den
sydende steak - pistolen fra bordet.

Derringer holder pistolen i begge hænder og sigter på McLean.

Hun trækker af og dræber ham med to skud i ryggen. Den ene
kugle fortsætter ind gennem hans krop og sætter sig i
bræddevæggen med et smæld.


INT. ABIGAILS STUE - AFTEN

Der er kommet lys i en standerlampe. Det sorthvide fjernsyn
viser en reklame for Old Gold-cigaretter.

Dunkirk sidder i sofaen med Abigail. Nede på gulvet smiler
Pablo Mendez varmt til Marilyn, der sidder og leger med sine
dukker.

TV-kanalens jingle varsler nyheder.

> TV-SPEAKER
> I kidnapningssagen fra Tonopah,
> Nevada, har politiet sat
> kontrolposter op ved statsgrænsen
> til Californien - en af de fire
> stater, fra hvilke man igen i dag
> har kunnet observere
> paddehatteskyer stige til vejrs fra
> det nukleare testområde NTS nord
> for Las Vegas.

> ABIGAIL
> (skruer ned for lyden)
> Tilbage til Start.

                    DUNKIRK
          Hvad mener du?


                    ABIGAIL
          Californien. Chelsea havde drømme,
          som alle piger vel har, om at blive
          filmstjerne i Hollywood, men det
          var nok ikke på den her måde, hun
          regnede med at vende tilbage til
          vestkysten. I en kidnappers vold.

Kameraet zoomer ind på fotografierne af Chelsea Derringer på
bordet. Et af dem er signeret med autograf og et hjerte: 'Til
mor fra Chelsea'.

                    ABIGAIL (CONT'D)
               (smiler vemodigt)
          Filmbranchen var ikke noget for
          hende. Der var en pris for at komme
          frem i rampelyset, som hun ikke
          ville betale.

Trods situationens alvor blinker hun lidt koket til Dunkirk.

                    ABIGAIL (CONT'D)
          Måske var det min gode opdragelse,
          der kom på tværs.

                    MICHAEL DUNKIRK
          Yes, madam.


INT. HYTTE - NAT

McLeans livløse krop ligger ved den knitrende radio. Chelsea
Derringer slukker for radioen.

                    ABIGAIL (O.S.)
          Det føltes som et nederlag for
          Chelsea at komme tomhændet hjem fra
          Hollywood, men der var ikke noget
          at skamme sig for - tværtimod. Hun
          kunne gå med oprejst pande.

                    DUNKIRK (O.S.)
          Det er jeg sikker på.

                    ABIGAIL (O.S.)
          Vi Derringer-kvinder har altid
          arbejdet hårdt. Vi kan tage vare på
          os selv og sætter pris på at gøre
          det.

Chelsea Derringer arbejder hurtigt og beslutsomt. Hun hanker
op i McLeans fødder og slæber ham ud af hytten og hen til
Cadillacen, hvilket kræver al hendes styrke.

EXT. HYTTE - NAT

En mand på firs kilo er for tung for Derringer til at løfte
op i bagagerummet, men som hendes mor siger i voiceoveren,
kan Derringer-kvinderne tage vare på sig selv - og på et lig:
Fra skuret skaffer Chelsea en plade af krydsfiner, som hun
danner en rampe af fra jorden op til bagagerummet. Hun ruller
liget op på pladens nederste del og kiler bilens donkraft ind
under pladen. Hun pumper donkraften op, til pladen med liget
hænger vandret i luften. Herefter ruller hun liget hen ad
pladen ind i bagagerummet.

Det er hårdt arbejde. Grædefærdig af udmattelse rydder hun op
i redskaberne, henter pengesækken fra bankoverfaldet fra
hytten og smider den ind til liget.

>                    ABIGAIL (O.S.)
>            Hun har sans for tal, for penge.
>            Derfor var vi begge to så
>            lykkelige, da Johnson tilbød hende
>            jobbet i banken, både Chelsea og
>            jeg.

>                    MICHAEL DUNKIRK (O.S.)
>            Johnson Howard, bankdirektøren?

>                    ABIGAIL (O.S.)
>            Ja.
>               (Hun snøfter)
>            Og nu er han død?

>                    DUNKIRK (O.S.)
>            Det er jeg bange for, han er,
>            madam, ja.


INT. HYTTE - NAT

Chelsea skurer blodet væk fra køkkengulvet.

>                    ABIGAIL (O.S.)
>            Johnson var min *highschool*
>            *sweetheart*, men det gik vi stille
>            med dørene om.

>                    DUNKIRK (O.S.)
>            Jeg kondolerer.

>                    ABIGAIL (O.S.)
>            Det er længe siden. Han var for
>            længst blevet godt gift, og sådan
>            skulle det gerne have fortsat.
>            Stakkels Hettie. Hans kone.


Chelsea lirker den kugle, som gennemborede McLean og satte
sig fast i væggen, ud med en kniv.

En telefon ringer (O.S.)

INT. ABIGAILS STUE - AFTEN

Abigail og Dunkirk, der sidder i sofaen, drejer hovederne
efter telefonen, der ringer igen.

                    ABIGAIL
          Kan det være kidnapperen?

                    DUNKIRK
          Tag den!

Hun rejser sig fra sofaen og går hen til kommoden, hvor
telefonen står, og han følger med.

Abigail løfter røret.

                    ABIGAIL
               (ind i telefonen)
          Ja?

Hun lytter.

                    ABIGAIL (CONT'D)
               (ind i telefonen)
          Ja. Ja, han er her.

Hun kigger på Mendez, der sidder nede på gulvet sammen med
Marilyn.

                    ABIGAIL (CONT'D)
               (til Mendez)
          Det er til dig, deputy. Sheriffens
          kontor.

Hun rækker røret frem, og Mendez rejser sig for at overtage
telefonsamtalen.


EXT. SHERIFKONTORET - NAT

Sherifkontoret i Tonopah, der har tremmer for det ene vindue,
ligger i en lav murstensbygning i den nordlige ende af Main
Street. Udenfor holder der to politibiler.


INT. SHERIFKONTORET - NAT

Kontoret er indrettet rundt om sheriffens tunge skrivebord og
nogle robuste arkivskabe. Nevadas blå flag med sølvstjernen
og påskriften BATTLE BORN hænger på den ene væg, et landkort
over Tonopah County på en anden. En politimand i uniform,
JACK (45 år, hentehår, åbenlyst gift med sit arbejde), sidder
ved en arbejdsstation med skrivemaskine, radiosender,
madpakke og mikrofon i et hjørne.

Sheriffen, Gene Hagstrom, står lænet op ad et slidt mødebord, tårnet op over Trooper White, den midaldrende politimand med de overflødige kilo, som tidligere lod Chelsea Derringer køre. Trooperen sidder og kigger ned på Chelsea Derringer, der smiler forførende til ham fra bankens portrætfoto.

Ind træder Michael Dunkirk og Pablo Mendez. Hagstrom smiler vrangvilligt.

                    HAGSTROM
          Agent Dunkirk, velkommen til den
          virkelige verden. Trooper White her
          har en lille gave til dig.

Trooper White vrider sig på stolen.

                    HAGSTROM (CONT'D)
          Ikke være genert, Tom. Bare fortæl
          agent Dunkirk om, hvad der skete.

                    TROOPER WHITE
          Jo, altså. Jeg tror, jeg så damen
          fra jeres foto komme kørende i en
          åben Cadillac.

                    DUNKIRK
          Lige nu?

                    TROOPER WHITE
          Lidt over middag, men det var først
          nu, jeg så billedet. Selv om
          hårfarven ikke passede.

                    HAGSTROM
          Tom blev distraheret af hendes
          nedringede top.

                    TROOPER WHITE
          Alle snakkede om, at kidnapperen
          var på vej til Californien i en
          Hudson med hende, men hun kørte
          altså østpå i den Cadillac.

                    DUNKIRK
          Var kidnapperen med i bilen?

                    TROOPER WHITE
          Bilen var fyldt op med en masse
          ragelse.

                    HAGSTROM
          Meget belejligt til at skjule
          gerningsmanden i. Hun må stå i
          ledtog med ham.

                    DUNKIRK
          Medmindre gidseltageren lå gemt i
          ragelset med en pistol rettet mod
          hendes ryg?

Han går op til landkortet på væggen.

                    DUNKIRK (CONT'D)
          Hvor var det henne?

Hagstrom sætter et flag i kortet.

Dunkirk følger den indtegnede grusvej fra flaget østpå, ind
mellem bjergene, med fingeren. Efter bjergene forgrener vejen
sig.

                    HAGSTROM
          Der er masser af skjulesteder
          mellem bjergene, men før eller
          siden må de komme ud på den anden
          side, og så tager vi dem.

                    DUNKIRK
          Indtil det modsatte er bevist, går
          vi stadig ud fra en
          gidselsituation.

                    HAGSTROM
             (spydigt)
          Selvfølgelig gør vi det.

Sheriffen drejer det udsendte foto af Chelsea Derringer på
mødebordet rundt, så man kan se Chelsea Derringers
ualmindeligt smukke ansigt.

                    HAGSTROM (CONT'D)
             (kynisk)
          Så smuk en dame er det svært at
          tænke ondt om.

                    DUNKIRK
             (sammenbidt)
          En gidselsituation. Er det
          forstået, sherif?


EXT. ØRKENVEJ - NAT

Chelsea Derringer kører gennem den natlige ørken. Vejen snor
sig uden om klipper; forhindringer dukker op af mørket og
bliver væk igen. Lys og skygge komplicerer orienteringen, men
efter nogle mil drejer hun ind til højre ad den hidtil
dårligste grusvej.

Instrumentbrættets ur viser, at klokken er lidt i ét. Hun
kører bilen i skjul, slukker for motoren og for lyset - i
sidste øjeblik. Kort efter skyder en militær jeep forbi.

Gruset sprøjter efter dens dæk. Hun venter, til de røde
baglygter har fortabt sig i det fjerne.

Da hun starter bilen igen, zoomer kameraet ind på
instrumentbrættet. Turen har kostet benzin, og tanken er ved
at være tom. Hun fylder mere benzin på fra en reservedunk i
bagagerummet, som hun bagefter smider ud i en grøft, inden
hun fortsætter forbi et af de skilte, der siger: 'U.S. ATOMIC
ENERGY COMMISSION - NEVADA TEST SITE'.


EXT. UDKANTEN AF MOJAVE-ØRKENEN - KORT FØR SOLOPGANG

Med de første solstråler kører Chelsea Cadillacen ind på et
plateau under tre markante klippetoppe. Plateauet ender i en
afgrundsdyb sprække, som hun kigger ned i.

Hun tager byttet fra bagagerummet, gemmer det i en snæver
hule under klippetoppene og lægger pistolen bag ved en
kampesten.

Igen må hun bruge alle sine kræfter for at få liget ud af
bagagerummet. Hun slæber det hen ad plateauet og ud over
kanten. En arm er lige ved at hive hende med ned i dybet, men
på et hængende hår slipper hun fri og redder sig i sikkerhed,
mens liget lander på bunden af sprækken med et sygeligt smæk.

Et lysglimt får hende til at kigge op. Himlen rumler. Som i
slow motion stiger en paddehattesky til vejrs,
frygtindgydende tæt på.


EXT. LANDEVEJ SET FRA FUGLEPERSPEKTIV - TIDLIG MORGEN

Mod syd går resterne af paddehatteskyen langsomt i opløsning.
Mod solopgangen i øst, langt borte, ses de bjerge, som en
støvet landevej forsvinder ind imellem. Lodret nede kører en
ensom politibil hen ad landevejen, forbi det sted hvor
Trooper White tidligere standsede Chelsea Derringer uden at
vide, det var hende.


INT. POLITIBIL - MORGEN

Pablo Mendez kører, Michael Dunkirk sidder på passagersædet.
Politiradioen knitrer.

                    POLITIRADIOEN (O.S.)
                  (forskellige stemmer
                   rapporterer)
              Vogn 18 her. Vi har taget
              opstilling ved Route 15.
              Vogn syv her. Vi står klar ved
              Route 93.

                    DUNKIRK
              Jeg tror ikke på de der
              vejspærringer.
                       (MORE)

                    DUNKIRK (CONT'D)
          Indtil nu har kidnapperen været for
          snu til at gå i deres fælder.
          Hvorfor skulle han pludselig være
          dum nok at gå i dem nu?

Mendez koncentrerer sig om kørslen.

                    DUNKIRK (CONT'D)
          Enten er han for længst smuttet ud
          gennem nettet ad en af de små veje,
          eller også ligger han i skjul et
          sted, til stormen blæser over.


EXT. LANDEVEJ SET FRA FUGLEPERSPEKTIV IGEN - DAG

Kameraet stiger til vejrs igen. Højt nok til at kigge hen
over bjergene, hvor, skjult for politibilen, den åbne
Cadillac kommer kørende ad samme landevej, bare fra den
modsatte retning.


KAMERAET SÆNKES

... og zoomer ind på Chelsea Derringer, der styrer den åbne
Cadillac ind i spøgelsesbyen og tilbage til hytten med skuret
og det faldefærdige yucca-træ.

Hun lader Cadillacen stå uden for skuret og skynder sig hen i
skjul bag hytten. Hun når det i sidste øjeblik, før deputyens
bil nærmer sig.


KAMERAET SVINGER FRA HYTTEN MOD VEST, HVOR POLITIBILEN DUKKER
OP I SPØGELSESBYENS UDKANT. HER BLIVER DEN STÅENDE.


EXT. DEPUTYENS BIL - DAG

Dunkirk og Mendez stiger ud. Dunkirk skygger for solen med en
hånd og kigger undersøgende på spøgelsesbyen.

                    DUNKIRK
          Hvad er det der for noget?

                    MENDEZ
          Myers Rock. Fra dengang der var
          snak om sølv under bjergene.

DUNKIRK tager en kikkert fra bilens handskerum, hæver den op
til øjnene og justerer fokus.


KLIP TIL KIKKERTENS SYNSVINKEL:

Kikkerten zoomer ind på den lyseblå Cadillac og panorerer
videre hen til hytten. Der hænger gardiner for vinduerne.

Et af gardinerne bevæger sig - men skyldes det træk, eller holder nogen øje med dem fra huset?

KLIP TILBAGE TIL DUNKIRK, DER SÆNKER KIKKERTEN.

                    DUNKIRK
          Har han skiftet bil igen?

                    MENDEZ
          Eller ligger han i skjul i hytten?

                    DUNKIRK
          Er der en vej bag om landsbyen?

                    MENDEZ
          Det må komme an på en prøve.

                    DUNKIRK
          Du prøver. Vi mødes ved hytten.


INT. HYTTE - DAG

Chelsea Derringer står ved vinduet og kigger ud på politibilen gennem et hul i det falmede gardin.

Hendes tøj er snavset efter hendes krævende udflugt. Hun river en flænge i kjolen, tager en skarp kniv fra køkkenskuffen og snitter sin underarm til blods med en hurtig, præcis bevægelse.

Hun tværer noget blod ud, så det syner af mere, vasker kniven omhyggeligt og lægger den tilbage i skuffen.

Hun åbner sin håndtaske og tager et glas sovepiller og et par håndjern med kliklås frem.


EXT. HYTTE - DAG

Dunkirk sniger sig tættere på hytten, professionelt og effektivt. Da han nærmer sig den lyseblå Cadillac, trækker han sin pistol.

Han kigger ind i bilen og finder en sort paryk, men ingen penge. Benzinmåleren viser, at tanken er tom. På ratgearet hænger der et reklamekort fra et værksted i Beatty, Californien, der har haft bilen til eftersyn.

Han retter blikket mod hytten.


INT. HYTTE - DAG

Derringer trækker sig væk fra det vindue, som hun til sidst har observeret Dunkirk fra.

Hun sluger en håndfuld sovepiller og stiller det tomme pilleglas på køkkenbordet sammen med nøglen til håndjernene. Derefter lægger hun sig på sengen, trækker trusserne ned om den ene ankel og hænger foden ud over sengekanten.

Hun vender sig om på ryggen og klikker sin ene hånd fast til sengegærdet med håndjernet.

Det banker på døren, men hun reagerer ikke.

                    DUNKIRK (O.S.)
          FBI. Luk op!

Derringer reagerer stadig ikke.

Da håndtaget trykkes ned, lukker hun øjnene halvt i.

Døren åbnes. I det skarpe lys, der bryder hyttens halvmørke, dukker Dunkirks pistol op, derefter han selv.


KAMERAET SER HYTTEN MED DUNKIRKS ØJNE: DET SNAVSEDE KØKKEN MED EN FORKULLET STEAK I PANDEN, DEN SLUKKEDE RADIO, DET STØVEDE VÆRELSE MED SENGEN.


HANS BLIK FALDER PÅ CHELSEA DERRINGER

Hun ligger lænket til sengegærdet. Kjolen er gledet op, trusserne ned, og hendes slørede blik minder om datidens billeder af kvindelige pinups.

Kameraet glider op og ned ad Chelsea Derringers livløse krop.


INT. HYTTE - DAG, MEN DYSTERT

Dunkirk stikker pistolen ned i baglommen og justerer på sine bukser, som om de er blevet for stramme (hvilket de rent faktisk er, for han tænder på Chelsea).

Han går hen til sengen og bøjer sig hen over hende.

                    DUNKIRK
          Miss Derringer. Kan De høre mig?

Han rører ved hendes ansigt.

Uden varsel rækker hun ud og trækker ham ned til sig med den arm, der ikke er lænket fast.

                    DERRINGER
               (snøvlende)
          Kom du tilbage efter mere?

Dunkirk gør sig fri af hendes åbenlyse vildelse. Han ser sig om i hytten og får øje på nøglen til håndjernet på bordet. Han henter nøglen og åbner hendes håndjern.

Hun svinger begge armene op om hans nakke, og denne gang
mister han balancen og vælter ned over hende.

                    DERRINGER (CONT'D)
          Tag det, som du kom efter!

Hun griner hæst og lirker i hans bælte, strammer hænderne om
hans balder. Hendes krop hæver og sænker sig under ham.
Dunkirk begynder at følge bevægelserne. Sengen knirker stadig
mere rytmisk.


EXT. HYTTEN - EFTERMIDDAG

Pablo Mendez er kommet ind i spøgelsesbyen ad bagsiden og
nærmer sig den lyseblå Cadillac uden for hytten. Han råber:

                    MENDEZ
          Mike?

Da han ikke får svar, tager han sin tjenesterevolver op af
hylsteret og går hen mod døren.

Inde i hytten knirker sengen rytmisk.


INT. HYTTE - EFTERMIDDAG

Sengen er holdt op med at knirke. Dunkirk ligger oven på
Derringer. Han trækker vejret tungt.

                    MENDEZ (O.S.)
          Mike?

Lyden af Mendez' stemme giver et gib i Dunkirk. Han springer
op og knapper sine bukser.

                    DUNKIRK
               (råber højt, hektisk)
          Hun er herinde! Hun lever!

Derringer ligger nu helt bevidstløs fra sovepillerne. Dunkirk
er kun lige blevet færdig med at trække hendes kjole på
plads, da Mendez træder ind i hytten.

Mendez danner sig et indtryk af rummet, men siger intet.

                    MICHAEL DUNKIRK
               (brysk)
          Så du noget til gidseltageren?

                    MENDEZ
          Nej.

Mendez kaster et blik på den sovende Chelsea Derringer.

                    DUNKIRK
          Han voldtog hende, før han
          flygtede.

Mendez nikker uden at kommentere.

Dunkirk finder det tomme pilleglas.

                    DUNKIRK (CONT'D)
          Der må være noget kaffe.

Mens Mendez roder i køkkenskabene, tapper Dunkirk et glas
vand fra pumpen og forsøger at få Derringer til at drikke.
Han løfter op i hendes hoved op sætter glasset op til hendes
læber.

Derringer får vand i den gale hals. Hun hoster.

                    DUNKIRK (CONT'D)
               (omsorgsfuldt)
          De er i sikkerhed nu, miss
          Derringer.
               (til Mendez:)
          Har du en reservedunk med benzin i
          bilen?


EXT. ØRKENVEJEN - MOD AFTEN

To biler kører efter hinanden: den åbne Cadillac forrest med
Dunkirk som chauffør. En sovende Chelsea Derringer hviler op
ad ham. I baggrunden følger deputyens politibil.

En bilradio knitrer (o.s.)

                    MENDEZ (O.S.)
               (til politiradioen)
          Jack? Det er Pablo. Vi er på vej
          tilbage til Tonopah med gidslet.
          Underret hospitalet. Hun er dopet
          og er muligvis blevet misbrugt.

                    JACK (O.S.)
               (fra politiradio)
          Det er modtaget, Pablo. Fik I fat i
          gerningsmanden?

                    MENDEZ (O.S.)
               (til politiradioen)
          Negativ, desværre. Gerningsmandens
          seneste formodede lokation er Myers
          Rock. Hans nye flugtbil er
          ubekendt.


EXT. TONOPAH HOSPITAL - AFTEN

Et enkelt hospitalsvindue lyser op i natten.

Læger og sygeplejersker står klar med drop og båre til
Derringer, da Dunkirk kører Cadillacen hen foran indgangen.

Endnu mens Chelsea Derringer bliver lagt på båren og rullet
ind ad den brede glasdør, bliver hendes puls taget og en
hendes arm afsprittet til en venflon.


INT. HOSPITALSSYGESTUE - NÆSTE MORGEN

Bjergene i det fjerne ligner et malerisk stykke western-
romantik under blå himmel set fra vinduet. En SYGEPLEJERSKE
(42 ÅR, robust, i knitrende hvid kittel og med hvid hue på
hovedet) pusler om Chelsea Derringer i hendes seng.

Derringer ser ren og smuk ud. Håret er vasket og børstet og
slået ud over puden, så hun ligner en engel. Plasteret på
underarmen, hvor hun snittede sig, tilfører et indtryk af
sårbarhed.

Der bankes forsigtigt på døren. Michael Dunkirk træder ind
med en stor buket blomster.

                    DUNKIRK
          Miss Derringer? Mit navn er ...

                    DERRINGER
               (smiler)
          Jeg ved, hvem du er. Min helt.

Mens sygeplejersken tager imod blomsterne og sætter dem i en
vase, trækker Dunkirk en stol hen til sengen og sætter sig
hos Derringer. De siger ikke mere, før sygeplejersken er gået
ud, men smiler begge to - generte på hver sin vis og af hver
sine grunde.

                    DUNKIRK
               (forsigtigt)
          Du ser endnu bedre ud i dag.

                    DERRINGER
               (genert)
          Dengang i hytten. Alting står så
          tåget ... Jeg troede, det var ...
          ham, der kom tilbage.

Dunkirk kigger til siden.

                    DERRINGER (CONT'D)
          Snakkede jeg meget ... sort?

                    DUNKIRK
               (overbærende)
          Ikke noget, du behøver at skamme
          dig for.

                    DERRINGER
                  (plaget)
              Hvad skete der?

I hendes iver glider dynen væk og blotter hendes kraveben.
Dunkirk kigger hurtigt væk, blufærdig.

                    DUNKIRK
              Gerningsmanden havde lænket dig til
              sengen.

Derringers øjne bliver fugtige. En tåre triller ned ad hendes
kind.

                    DERRINGER
              Men du ... kom og reddede mig.

Hun lægger sin hånd over hans og klemmer den blidt.

                    DERRINGER (CONT'D)
              Du er den første gode mand i mit
              liv siden Mr. Howard.
                  (tøver)
              De sagde i radioen, at både han og
              Curtis er døde?

                    DUNKIRK
              Det er jeg bange for, ja.

Han gengælder hendes klem, inden han fortsætter.

                    DUNKIRK (CONT'D)
              Vi har identificeret
              gerningsmandens fingeraftryk i
              bilen. Hans navn er Cleveland
              McLean, en tidligere straffefange.

Hun vender hovedet væk.

                    DERRINGER
              Han tvang mig til så mange ting.

                    DUNKIRK
              Det må være hårdt for dig at rulle
              historien op igen, men hver lille
              detalje, du kan fortælle os om ham,
              ville være til stor hjælp.

Hun bider sig selv i læben, kæmper for at holde tårerne
tilbage, holder stadig Dunkirk i hånden.

Han giver hende tid til at komme sig.

                    DUNKIRK (CONT'D)
              Han kommer til at bøde for det, han
              gjorde mod dig.

                    DERRINGER
          Og mod Curtis og Mr. Howard?

                    DUNKIRK
          Også mod dem.

                    DERRINGER
               (må overvinde sig selv)
          Han tvang mig til at køre bilen og
          til at snøre den politimand, vi
          mødte. Jeg følte mig så ...
          snavset, fordi alt bare handlede om
          sex og penge for ham. Og magt. Ude
          i hytten smed han mig på sengen og
          ... du ved, hvad jeg snakker om.
          Bagefter proppede han de der piller
          i mig med sine snavsede fingre. Jeg
          troede, jeg skulle kvæles i dem.

Derringers hånd ryster, da hun rækker ud efter glasset på
sengebordet. Noget vand skvulper over, da hun drikker.

                    DUNKIRK
          Så du, om der stod en ny flugtbil
          gemt ved hytten, da I ankom?

                    DERRINGER
          Nej.

                    DUNKIRK
          Efter alt at dømme tog han byttet
          med sig. Nævnte han et sted, hvor
          han ville tage hen?

                    DERRINGER
          Han var ikke typen, der fortalte
          mig noget.

                    DUNKIRK
          Det var måske dit held.

Hun lader budskabet sive ind.

                    DERRINGER
               (hadefuldt)
          Find ham, Mike.

                    DUNKIRK
          Jeg skal give hans makker
          tommelskruerne på.

Chelseas øjenbryn ryger op i ny forfærdelse.

                    DERRINGER
          Er han ikke død?

                    DUNKIRK
          En Perry Cotta. Siger navnet dig
          noget?

Hun ryster bare på hovedet, så tavst, at han omsider fanger
hendes gru.

                    DUNKIRK (CONT'D)
          Du skal ikke være bange. Han er
          selv indlagt.

                    DERRINGER
               (endnu mere rystet nu)
          Her på hospitalet?

                    DUNKIRK
          Bare rolig. Han er meget afkræftet,
          og vi bevogter hans stue.
               (lægger en hånd på hendes
                arm)
          Alt bliver godt.

Sygeplejersken kommer ind igen.

                    SYGEPLEJERSKE
          Der er stuegang om lidt.

                    DUNKIRK
          Selvfølgelig.

Han vil rejse sig, men Derringer trækker ham ned til sig på
en sky måde og kysser ham på kinden.

                    DERRINGER
          Tak for det hele, Mike.

                    SYGEPLEJERSKEN
               (til hende)
          Om alt går vel, bliver du snart
          udskrevet.


INT. HOSPITALSGANG - DAG

Uden for en anden hospitalsstue på en anden gang sidder en
POLITIBETJENT (garvet, muskuløs, i uniform), der drejer
hovedet efter Michael Dunkirk, som kommer gående.

                    DUNKIRK
          Hvordan ser det ud med Cotta?

                    POLITIBETJENT
          Lægen er derinde.

Dunkirk stikker hovedet ind ad døren.

INT. HOSPITALSSTUE - DAG

En kardiograf tegner sløve sinusbølger af patientens hjerterytme. Perry Cotta ligger med lukkede øjne i sengen. LÆGEN (36 år, i kittel) overvåger sygeplejersken, der gør klar til at injicere Cotta med en klar væske.

>                    DUNKIRK
>           Hvad siger patienten?

>                    LÆGEN
>             (peger på kanylen)
>           Vi er gået over til at holde ham i
>           kunstig koma nu.

>                    DUNKIRK
>           Jeg vil gerne snart afhøre ham.

>                    LÆGEN
>           Okay.
>             (til sygeplejersken)
>           Vi reducerer til halv dosis.

>                    SYGEPLEJERSKEN
>           Javel.

KAMERAET ZOOMER IND PÅ KANYLEN:

Nålen glider ind i COTTAS arm, og sygeplejersken trykker den klare væske ind, men standser, da halvdelen af væsken er tilbage.

EXT. HOSPITAL - DAG

Dunkirk kommer ud fra hospitalet. Sam Jones træder frem fra skyggen ved muren. Journalisten ligner sig selv i sit krøllede jakkesæt, filthatten og cigaretten klemt fast bag øret.

Han flasher sin pen og notesblok.

>                    JONES
>           Sam Jones, Tonopah Times-Bonanza
>           and Goldfield News.

>                    DUNKIRK
>           Vi har vist mødt hinanden før.

>                    JONES
>           Ifølge forlydender er det lykkedes
>           dig at få gidslet fri. Kan man tale
>           med hende?

>                    DUNKIRK
>             (truende)
>           Hold fingrene fra Chelsea.

Sam Jones holder hænderne op i en defensiv gestus.

                    JONES
          Klart. Hvad med gerningsmanden?

                    DUNKIRK
          Skriv, vi er på sporet.


INT. MARLON'S DINER - DAG

Sherif Gene Hagstrom og deputy Pablo Mendez sidder i en bås
med hver sin kop kaffe, steak og en bagt kartoffel.

Da Mendez sad samme sted med den udenbys Michael Dunkirk,
holdt de andre gæster i dineren kølig afstand. Stemningen er
langt mere afslappet over for de lokale politifolk.

En gæst, EARL (50 år, klædt i en ranchers cowboystøvler og
cowboyhat) klapper Hagstrom på skulderen.

                    EARL
          Godt gået med hende den lækre sild
          fra banken, Gene. Så mangler I kun
          at pløkke ham det andet svin, der
          skød Howard.

                    HAGSTROM
               (smiler)
          Tak, Earl. Det kommer.

Mens Earl går videre op til disken, forsvinder smilet fra
Hagstroms ansigt.

                    HAGSTROM (CONT'D)
               (sammenbidt)
          Hvad er det med den flødebolle?

Han skærer en bid af sin steak og tygger.

Mendez tager også en mundfuld steak mere.

                    HAGSTROM (CONT'D)
               (tygger)
          Michael F. Dunkirk. Hvad fanden går
          han og gemmer sig for?

Mendez kigger spørgende på sheriffen.

                    HAGSTRØM
          Hvor er pressen? Skal han ikke lade
          sig fejre?

                    MENDEZ
          Sam Jones hænger ud foran Mizpah
          Hotel.

                    HAGSTROM
          Selvfølgelig gør han det, men hvad
          CBS, NBC, ABC? L.A. Times, New York
          Times, den nationale presse? Har du
          nogensinde før hørt om en FBI-mand,
          der frivilligt holder lav profil,
          når han lige har befriet et gidsel?

                    MENDEZ
          Reporterne har vist mere travlt med
          atomtestene.

Han kaster et sideblik på TV'et bag disken, hvor billeder af
en paddehattesky vises.

                    HAGSTROM
             Bullshit.
             (snakker med munden fuld)
          Der er noget helt galt med den fyr.
          Hvad laver en angivelig hot-shot
          FBI-agent overhovedet i Tonopah til
          at begynde med?

                    MENDEZ
          Han siger, han var her for at
          forebygge kommunisternes spionage.

                    HAGSTROM
          Come on, Pablo!
             (drikker kaffe)
          Lad gå, hvis de sendte ham til Las
          Vegas, men her til vores lille
          flække? Der stikker noget under.

Mendez tier, mens hans foresatte ruller sine teorier ud.

                    HAGSTROM (CONT'D)
          Gus må kunne grave noget op om
          Dunkirk. Nogensinde mødt ham?

                    MENDEZ
          Nej.

                    HAGSTROM
          Gammel buddy fra min læretid i L.A.

Han tager en notesbog op af brystlommen, bladrer siderne med
kontaktadresser og telefonnumre igennem og sætter fingeren på
en af dem.

                    HAGSTROM (CONT'D)
          Her skal du se! Gus Rensenbrink,
          L.A.P.D.

INT. ABIGAIL DERRINGERS LEJLIGHED - DAG

Michael Dunkirk står i døren til Abigail Derringers
lejlighed. Chelsea Derringer træder frem bag ham. Marilyn
springer op i favnen på sin mor.

                    MARILYN
          Mor!

Abigail overvældes af gensynsglæde. Der er knus og
velkomsttårer. Dunkirk bliver fejret som en helt af Abigail
og Marilyn. Der skåles i drinks fra en krystalkaraffel og
sodavand til Marilyn. Abigail giver Dunkirk et stort kram og
et kys på kinden.

                    ABIGAIL
          Mike, hvad skulle vi gøre uden dig?

                    DUNKIRK
          De er alt for venlig, Mrs.
          Derringer.

                    ABIGAIL
          Ikke mere 'Mrs. Derringer' fra dig.
          Kald mig Abi!

Hun tager Dunkirks og Chelseas hænder og forener dem som ved
en vielse.

                    ABIGAIL (CONT'D)
              (hvisker højt)
          Chelsea er i forvejen skudt i dig.

Chelsea rødmer, og Dunkirk har svært ved at holde det store
smil fra ansigtet. Forelskelsen spirer.

                    ABIGAIL (CONT'D)
          Chelsea fortalte mig på hospitalet,
          hvor respektfuldt du behandlede
          hende, da du fandt hende bedøvet.

Dunkirk kigger ned på sine sko.

                    ABIGAIL (CONT'D)
          Du er en rigtig gentleman af den
          gamle skole, Mike.
              (Hun krammer Dunkirk.)
          Jeg er så lykkelig på jeres vegne.


EXT. LANDSTED - DAG

HETTIE HOWARD (55 år, dramatisk udseende med store
permanentede krøller, alkoholiserede øjne), enken efter den
myrdede bankdirektør, sidder i en hængesofa under en parasol
i haven bag parrets toetagers landsted. På bordet står en
flaske gin og to glas.

Sherif Gene Hagstrom står bag hende. Hans hænder hviler på hendes skuldre.

Hun smider dagens udgave af Tonopah Times-Bonanza and Goldfield News hen på bordet. Den lander med forsiden øverst. Et sorthvidt arkivfoto af den strålende smukke Chelsea Derringer stjæler opmærksomheden. Overskriften hedder: Gidsel befriet.

                    HETTIE
               (vrænger)
          Gidsel befriet. Godt for hende, men
          bringer det mig Johnson tilbage?

Hagstrom slipper hendes skuldre og sætter sig på en polstret kurvestol på den anden side af bordet. Han vender avisen og afslører uforvarende et foto af FBI-agent Michael Dunkirk uden for hospitalet, som han straks igen folder væk med et modvilligt træk om munden.

                    HETTIE (CONT'D)
          Og godt det samme.

Hun skænker mere gin op til dem begge.

                    HETTIE (CONT'D)
          Svar mig ærligt, Gene. Var Johnson
          ikke selv ude om det?

Gene Hagstrom ryster på hovedet uden at sige noget.

Hettie tager en tår, tænder en Old Gold-cigaret og ser på ham gennem røgen.

                    HETTIE (CONT'D)
          Du har altid været så loyal, Gene,
          selv da jeg valgte ham i stedet for
          dig. Og se, hvad jeg fik ud af det.

                    HAGSTROM
          Han elskede dig.

Enken drikker dybt af sit glas.

                    HETTIE
          Han spillede rollen som den
          perfekte ægtemand, men bag
          kulisserne var der altid en anden
          blondine.

                    HAGSTROM
          Er det noget, du ved?

                    HETTIE
          Først nedlagde han moren med alle
          hendes kunstlede sydstatsmanerer,
          så tændte han på datteren.

Hun peger med hagen mod avisen med Derringers foto.

                    HETTIE (CONT'D)
          Han gjorde sig til idiot for hende.
          Hvis du spørger mig, var det
          Abigails datter selv, der stod bag
          røveriet og sin egen kidnapning.

                    HAGSTROM
          Jeg tror dig, Hettie, men jeg
          mangler beviser.

                    HETTIE
          Prøv henne i banken.

Han nikker og rejser sig op.

Hun rejser sig også op og går rundt om bordet. Hun stiller
sig tæt op ad Hagstrom og lister en hånd ind under hans
jakke.

                    HETTIE (CONT'D)
          Du ville aldrig svigte mig. Vel?

Han ser hende ind i øjnene.

                    HAGSTROM
          Vores tid vil komme, Hettie.

Hun går op på tå og kysser ham på munden.

                    HETTIE
          Ingen siger, at pengene skal gå
          tilbage til banken, når du finder
          dem.

EXT. TONOPAH BANKING CORPORATION - DAG

En gruppe bekymrede bankkunder stimler sammen om Hagstrom og
Mendez, der stiger ud af sherifbilen.

                    EN FARMER I OVERALL OG STRÅHAT
          Bliver banken overhovedet åbnet
          igen?

                    EN PENSIONIST I SLIDT JAKKESÆT
          Går den fallit?

                    EN UNG KVINDE I BLOMSTRET KJOLE
          Er hele vores opsparing tabt?

                    HAGSTROM
          Jeg skal gøre mit bedste for jer.

Han går ind i banken.

INT. BANK - DAG

Hagstrom står foran Carl Carson, bankens vicedirektør.

                    HAGSTROM
          Hvordan kunne gerningsmændene vide,
          hvornår pengetransporten kom?

                    CARSON
          Det kunne de heller ikke. Den
          eneste, der kendte køreplanen, var
          Johnson.

                    HAGSTROM
          Den eneste ud over dig?

                    CARSON
               (ler tørt)
          Godt forsøgt, Gene, men selv jeg
          kendte ikke pengetransportens
          ankomsttid.

                    HAGSTROM
          Så enten var gerningsmændene
          usandsynligt heldige med deres
          timing, eller også havde Johnson
          talt over sig?

                    CARSON
          Lækket kunne ligge hos
          transportselskabet.

Hagstrom ser ham an med et underfundigt blik.

                    HAGSTROM
          Men tror vi på det?


INT. BANKDIREKTØRENS KONTOR - DAG

Et foto af Hettie, har en æresplads på Johnson Howards
skrivebord.

Hagstrom åbner en skrivebordsskuffe med den nøgle, han
umiddelbart efter bankrøveriet fandt på direktørens lig. Han
roder i de forventelige kontorredskaber som klips, blæk og
penne - og fløjter stille, da han bagest i skuffen støder på
et par silketrusser og stroppen fra en hofteholder.

Endelig finder han en 'Fortroligt'-stemplet mappe, der
indeholder pengetransportens køreplan for ugen.

Han vender sig om og kigger ud ad vinduet, hen over gaden på
et hus med lukkede gardiner.

                    HAGSTROM
          Holder I øje med jeres genboer?

                    CARSON
          Hvorfor skulle vi gøre det?

                    HAGSTROM
          I fald de holder øje med jer? Lad
          os sige, Johnson havde
          hemmeligheder, som genboen
          afslørede ham i og tog fotos af.

                    CARSON
          Spørger du, om han blev afpresset?


EXT. TONOPAH MAIN STREET - DAG

Hagstrom og Mendez krydser gaden til huset over for banken.
Hagstrom banker på døren, og en ung HUSMOR (30 år, i
forklæde, håret sat op i et tørklæde) åbner.

                    HUSMOR
          Sherif?

                    HAGSTROM
             (tager hatten af)
          Goddag, madam. Vi har nogle
          spørgsmål om bankrøveriet.

Hun tørrer hænderne i sit forklæde.

                    HUSMOR
          Stakkels Mr. Howard. Hvor godt, at
          FBI befriede Chelsea.

Sheriffens rynker om mundvigene bliver skarpere.

                    HAGSTROM
          Du har en god udsigt til banken fra
          dit hus.

                    HUSMOR
          Jeg var ikke hjemme, da det skete.

                    HAGSTROM
          Lagde du i tiden før overfaldet
          mærke til, om nogen holdt øje med
          banken?

                    HUSMOR
             (rynker panden)
          Nej.

Hagstrom viser hende to forbryderfotos af Cleve McLean og
Perry Cotta.

                    HAGSTROM
          Har du set de her to mænd før?

Husmoren kigger nøje på billederne.

                    HUSMOR
          Nej.

                    HAGSTROM
          Bor du alene?

                    HUSMOR
          Min mand er på arbejde, og vores to
          sønner er i skole.

                    HAGSTROM
               (giver hende sit
                visitkort)
          Vil du lade mig det vide, hvis
          nogen af dem så noget mistænkeligt?

                    HUSMOR
          Selvfølgelig, sherif.
               (undrer sig over kortet)
          Jeg ved da godt, hvor du har kontor
          henne.

Hagstrom og Mendez går tilbage til sherifbilen.

                    HAGSTROM
          Måske behøvede gerningsmændene
          ingen fotografier til at afpresse
          Johnson.

De sætter sig ind i bilen.

                    HAGSTROM (CONT'D)
          Hvis det var Chelseas trusser i
          Johnsons skuffe, kan det lige så
          godt have været hende selv, der
          udspionerede pengetransportens
          ankomsttid for McLean og Cotta.


INT. KØKKENET HJEMME HOS MENDEZ - AFTEN

RITA MENDEZ (på alder med Pablo, en rund og venlig kvinde med
mexicanske rødder) står ved køkkenbordet og ælter dej til
fladbrød. Radioen spiller lavmælt tidstypisk amerikansk musik
fra 1952. Køkkenet er hyggeligt, funktionelt og assimileret
amerikansk, med kun en rest af mexicansk indflydelse på
krydderihylden.

En gryde chili står og bobler på komfuret.

Pablo Mendez træder ind og lægger sin hat på spisebordet, ved
siden af den avisforside med billedet af Chelsea Derringer,
der tidligere sås hos Hettie Howard.

                    MENDEZ
               (snuser til chilien)
          Mmm! Det dufter hot.
          Lige som dig.

Han smaskkysser Rita på kinden.

                    RITA
          Godt at se dig i live. De udsendte
          et varsel om radioaktivt nedfald
          lige før du kom.

                    MENDEZ
          Vi er i forvejen omgivet af
          naturlig radioaktiv stråling hele
          tiden.

                    RITA
          I St. George, Utah, opfordrer de
          folk til at holde sig inden døre.

                    MENDEZ
          Jeg hørte godt, vinden var slået
          om.

                    RITA
          Som verden ser ud, var det måske
          godt nok, vi ikke fik børn.

                    MENDEZ
             (stort smil)
          Du skulle ellers have set den lille
          Marilyn. Chelsea Derringers datter.

                    RITA
          Jeg kan godt se, du er skudt i
          hende.

Hun smider dejklumpen i en skål, tørrer hænderne og dasker
til ham med avisen og dens forsidebillede af Chelsea
Derringer.

                    RITA (CONT'D)
          Eller er du skudt i Marilyns mor,
          hvad?

                    MENDEZ
          Nåde!
             (Han griner og
              protesterer)
          Jeg har jo dig.


INT. ABIGAIL DERRINGERS LEJLIGHED - AFTEN

Det ringer på døren. Abigail Derringer puffer op i sit hår
foran spejlet, før hun åbner døren. Michael Dunkirk står
udenfor, iført et nyt lyst jakkesæt og passende kulørt slips
til den hvide skjorte, og holder tre blomsterbuketter.

                    ABIGAIL
             (smiler varmt)
          Er det blomsterbuddet?

                    DUNKIRK
          Abi, du må være byens mest
          eftertragtede kvinde.

                    ABIGAIL
          Næst efter min datter, mener du
          vist?

                    DUNKIRK
          Jeg troede, I var søstre.

Abigail dasker til ham og tager glad imod den buket, han
rækker hende.

Marilyn kommer løbende fra stuen og bliver benovet over at få
sin egen buket.

                    MARILYN
          Mor er næsten klar til dig.

Abigail læner sig tæt ind til Dunkirk og hvisker
konspiratorisk.

                    ABIGAIL
          Vi kvinder kan godt lide at lade
          vores mænd vente.

Chelsea Derringer dukker op, smuk i en tækkelig
cocktailkjole, der alligevel fremhæver hendes bare skuldre.

                    DERRINGER
          Hvad har I to af hemmeligheder?

Dunkirk og Abigail træder hurtigt væk fra hinanden, som taget
på fersk gerning, og alle griner.

Dunkirk rækker Chelsea den sidste buket og kysser hende
forsigtigt under øret.

Marilyn snuser nysgerrigt til sin mor, der lægger en
minkstola om de bare skuldre.

                    MARILYN
          Hvad dufter du af, mor?

                    DUNKIRK
          Paris?

Han sender Abigail et charmeblink.

                    DUNKIRK (CONT'D)
          Hvornår skal hun være hjemme?

                    ABIGAIL
             (griner)
          Pjat med dig.

INT. HOSPITALSGANG - AFTEN

Sygeplejersken nikker til politimanden, der sidder og keder
sig uden for Cottas sygestue.


INT. COTTAS SYGESTUE - AFTEN

Inde på sygestuen bøjer sygeplejersken sig ned over Perry
Cottas koparrede ansigt, forsigtigt som var han et farligt
rovdyr. Til hendes lettelse ligger han med lukkede øjne.

Kardiografen bekræfter det fredelige indtryk. Cottas puls er
langsom, jævn, fuldkommen afslappet. Hun slapper selv af.

Idet hun vender ryggen til for at forberede aftenens
beroligende sprøjte, åbner Perry Cotta øjnene. Han svirper op
fra sengen, lægger en hånd over sygeplejerskens mund, vrider
kanylen fra hende og holder fast i hendes hånd, så hun ikke
kan nå alarmknappen.

Perry Cotta injicerer sygeplejersken med den beroligende
medicin.


CLOSE UP SES HAN TRYKKE SPRØJTENS STEMPEL HELT I BUND.

Sygeplejersken glider ned på gulvet.

Cotta trykker på alarmknappen og går i dækning bag døren, med
en stol hævet op over hovedet som slagvåben.

Politimanden kommer stormende ind. Cotta slår ham bevidstløs
og tager hans pistol.


INT. HOSPITALSGANG - AFTEN

Perry Cotta, nu udklædt som sygeplejerske, går roligt hen ad
gangen og ind i lægernes omklædningsrum.


INT. OMKLÆDNINGSRUM - AFTEN

Cotta finder jakkesæt og sko og en filthat i lægernes
garderobeskabe. Han skifter til det civile herretøj og
spejder ud på gangen.

En portør går forbi. Da portøren er væk, træder Cotta selv ud
på gangen.


EXT. HOSPITALINDGANG - AFTEN

Set gennem glasdøren udefra: Cotta kommer gående iført sit
stjålne jakkesæt og hat.

Han skubber døren op og forsvinder uantastet ud i Tonopahs
mørke nat.


EXT. FORTOVET UNDER ABIGAILS LEJLIGHED - AFTEN

Fra et vindue på anden sal vinker Marilyn og Abigail. Dunkirk
og Derringer vinker tilbage.

Dunkirks grønne 1952 Chevrolet Stylemaster holder ved
kantstenen, blinkede og fabriksny. Han åbner døren for
Chelsea Derringer og hjælper hende ind på passagersædet,
inden han sætter sig bag rattet.


INT. DUNKIRKS STYLEMASTER - AFTEN

Politiradioen knitrer.

                    STEMME I POLITIRADIOEN (O.S.)
          Vogn otte kalder centralen. Kan du
          høre mig, Jack?

                    JACK I POLITIRADIOEN (O.S.)
          Kom ind, Bob. Jeg hører dig.

                    BOB I POLITIRADIOEN (O.S.)
          En gul '47-DeSoto spottet uden for
          lufthavnen på Route 6, østgående,
          med mindst firs miles i timen. Jeg
          sætter efter.

Dunkirk slukker for politiradioen.

                    DUNKIRK
          Ikke mere krimistof i aften.

Han tænder for AM-radioen, hvor lydsporet af dæmpet swing-
musik sætter tonen for deres date - og binder scenen sammen
med den efterfølgende ...


INT. FORNEM RESTAURANT - AFTEN

Palmer i store krukker, hvide duge, sølv og krystal på
bordene. På en lav platform overtager husorkesteret sømløst
radioens dæmpede swing-musik fra forrige scene. Det har været
dem, der spillede hele tiden.

En smokingklædt overtjener fører Dunkirk og Derringer hen til
et bord ved terrassen under den lune himmel. Dunkirk hjælper
selv Derringer med stolen.

Cikader synger. Det smukke par nyder en tidstypisk
atomcocktail og derefter en romantisk middag med små
portioner og hinandens selskab.

                    DERRINGER
          Vil du høre en hemmelighed?

                    DUNKIRK
          Jeg hænger ved dine læber.

                    DERRINGER
          Jeg lagde allerede mærke til dig,
          første gang du kom ind i banken for
          at åbne en konto i forrige uge.

                    DUNKIRK
               (smigret)
          Vil du høre min hemmelighed?

                    DERRINGER
          Er den meget slem?

                    DUNKIRK
          Jeg åbnede den konto hos jer, fordi
          jeg havde set dig sidde ved dit
          skrivebord i vinduet.


KLIP TIL FEM-SEKS PAR, DER DANSER FORAN SCENEN. DUNKIRK OG
DERRINGER ER BLANDT DEM.

Orkesterlederen blinker til Dunkirk, og musikken skifter til
en sjæler. Dunkirk og Derringer kysser blidt og sanseligt.

Trods amorinerne lægger Dunkirk efter dansen op til at sige
godnat.

                    DUNKIRK (CONT'D)
          Jeg må vist hellere køre dig hjem
          nu.

                    DERRINGER
          Er du bange for at involvere dig
          med kronvidnet midt i en sag, eller
          er du bange for mor?

Dunkirk smiler.

                    DERRINGER (CONT'D)
               (blinker til ham)
          For hvis du har planer med mig,
          skal du vide, at jeg ikke fortæller
          hende om alle detaljerne.


INT. HJEMME HOS MENDEZ - AFTEN

AM-radioen spiller nu dæmpet mexicansk folkemusik i stuens
store radio. Rita Mendez sidder og syr, mens Pablo sidder med
en bog. Han har læsebriller på.

Telefonen ringer. Pablo lægger bogen og læsebrillerne og
tager den.

                    JACK (I TELEFONEN)
          Jeg er glad for, du tager den,
          Pablo. Det gjorde hverken Gene
          eller ham flødebollen.

                    MENDEZ
               (til telefonen)
          Jack. Hvad sker der?

                    JACK
          Vi har en alarm fra hospitalet.
          Perry Cotta er stukket af med
          vagtens revolver.

                    MENDEZ
          Tak for meldingen, Jack.

Han rynker panden, lægger røret på og kysser Rita på kinden.

                    MENDEZ (CONT'D)
          Jeg skal desværre ud igen.

                    RITA
          Hvorfor lige dig?

                    MENDEZ
          Nogen skal jo gøre det beskidte
          arbejde, når alle spidserne
          åbenbart har vigtigere ting for.

Han tager sin hat og jakke på.

                    RITA
          Pas godt på dig selv, Pablo.


EXT. UDEN FOR ABIGAILS LEJLIGHED - SEN AFTEN

'University Street' står der på et vejskilt på gadehjørnet.
Der er stadig lys i Abigails vindue, men gardinerne er
trukket for.

Dunkirk hjælper Derringer ud af bilen. Han hvisker og peger
op mod vinduet.

                    DUNKIRK
          Skal jeg følge dig op?

                    DERRINGER
          Så du kan stå og flirte med mor
          igen?

Hun trækker ham kærligt ind til sig.

                    DERRINGER (CONT'D)
          Lad mig nu bare stå og kysse dig
          hernede, hvor vi er i fred.

De tungekysser.

                    DERRINGER (CONT'D)
               (forførende)
          Det er kun i nat, Marilyn og jeg
          overnatter hos mor. I morgen
          flytter vi hjem igen.

De kysser med hele kroppen nu, til Dunkirk omsider gør et
nummer ud af sin dyd, løsner sig nænsomt af Derringers
omfavnelse og går tilbage til bilen.

Derringer vinker efter ham, til bilen er forsvundet,
hvorefter hun går hen mod opgangsdøren, smilende. Mens hun
tager sin nøgle frem, lægger en skygge sig over hende.

En mandehånd griber hende om munden og trækker hendes hoved
tilbage.

                    MANDEN
          Sikken en fin opvisning i
          kysseteknik du gav mig der.

En pistolmunding presses mod hendes hals.


KAMERAET TRÆKKER SIG TILBAGE OG AFSLØRER, AT MANDEN ER GENE
HAGSTROM.

Sheriffen lægger læberne mod Derringers øre og hvisker så
kærligt, at det lyder truende:

                    HAGSTROM
          Hvor er byttet?

Derringer forsøger at vrikke sig fri, men Hagstrom strammer
sit greb.

                    HAGSTROM (CONT'D)
          Du havde sex med Johnson i banken.
          Det var sådan, du skaffede dig
          adgang til pengetransportens
          hemmelige køreplan. Du arbejdede
          sammen med gerningsmændene.

Derringer ryster på hovedet.

                    HAGSTROM (CONT'D)
               (ler)
          Han var sikkert også nem at lokke
          med, gamle Johnson. Hvor gjorde I
          det henne? På hans skrivebord?

Hagstroms stemme er blevet stakåndet samtidig med, at hans
hånd glider ned ad Derringers hals, ned til hendes bryst. Han
er for ophidset til at lægge mærke til en bevægelse i
nærheden og skyggen, der nu glider op ad hans ryg.

En politirevolver omviklet med en klud som lyddæmper sigter
på Hagstroms hoved. Aftrækkeren aktiveres. Et dæmpet skud
lyder. Hagstrom falder om med en kugle i hovedet.


INT. GERES STYLEMASTER - NAT

Michael Dunkirk kører gennem Tonopah by night. Vejskiltene
siger 'University Street', 'Brougher Avenue', 'Main Street'
... Han nynner med på AM-radioens swingmusik, forelsket og
glad, lige til ...

... deputyens bil passerer ham i modsat retning. Pablo Mendez
ser sammenbidt ud bag rattet.

Dunkirk skifter over til politiradioen. Pablos stemme
knitrer:

                    PABLO (I RADIOEN)
          Drejer fra Main Street og kører ned
          ad Brougher Avenue.

Dunkirk vender bilen og følger efter på hvinende dæk.


EXT. FORTOVET UNDER ABIGAILS LEJLIGHED - NAT

Rædslen står malet i Chelsea Derringers ansigt over det drab,
som lige er sket i hendes nakke.

Kameraet trækker så langt tilbage, at man kan se, hvem der
skød sheriffen: Perry Cotta nyder synligt sin virkning på
hende.

                    COTTA
          Så er det kun os to, baby. Omsider.

Før hun ved af det, presser han løbets munding mod hendes
hals.

                    COTTA (CONT'D)
          Du troede nok aldrig, du skulle se
          mig igen.

                    DERRINGER
          Perry. Du kommer som sendt fra
          himlen.

Cotta affærdiger hendes falske taknemmelighed med et kynisk
smil.

                    COTTA
          Hvor har du gjort af byttet?

                    DERRINGER
          Byttet? Spørg Cleve.

                    COTTA
          Cleve ville aldrig have ladet dig
          kysse med ham strisseren, hvis han
          var i live.

En bil glider langsomt forbi ude på gaden. Cotta bøjer sig
tættere på Derringer, så de ligner et forelsket par i
opgangsdøren.

                    COTTA (CONT'D)
          Kom her og kys en rigtig mand.

Bilen kører forbi.

                    COTTA (CONT'D)
          Lad os gå et mere privat sted hen.

Han trækker Derringer ind i en mørk sidegade, hvor han
snurrer hende rundt.

                    COTTA (CONT'D)
          Og så fortæller du mig sandheden.


EXT. MØRK SIDEGADE - NAT

Sidegaden er trøstesløs: ejendommenes uglamourøse bagsider
med skraldespande, affald på fortovet og smalle gyder, der
ligger i skygge.

Perry Cotta presser Chelsea Derringer op ad en husmur. Han
presser skyderen dybere ind i hendes hud.

                    COTTA
          Hvor gjorde du af pengene?

Chelsea Derringer slipper for at svare, da lyset fra en stærk
lommelygte blænder Cotta fra sidegadens modsatte ende.

                    MENDEZ (O.S.)
          Smid skyderen, Cotta.

Cotta drejer lynhurtigt en kvart omgang og bruger Chelsea
Derringer som skjold.

                    COTTA
          Hola, amigo. Y adios.

Med Derringer som skjold trækker han sig baglæns hen imod
hjørnet med University Street ...

... men stivner, da Michael Dunkirk bagfra sætter sin pistol
mod hans hoved. Cotta er fanget i en fælde, men hans chok
varer kun et øjeblik, før det kyniske smil er tilbage på hans
ansigt.

Han vrænger lydeligt ind i Chelsea Derringers øre:

                    COTTA (CONT'D)
          Så kom din fine elsker tilbage for
          at redde dig, *Veronica*.

                    DUNKIRK
                (forvirret)
          Veronica?

Cotta udnytter Dunkirks kortvarige desorientering, hugger
albuen i ham og forsvinder ind i en endnu mørkere gyde.
Skramlende skraldespande høres, mens Dunkirk knækker sammen.


KLIP IND I GYDEN, HVOR COTTA VÆLTER FLERE SKRALDESPANDE PÅ
SIN FLUGT.


KLIP TILBAGE: PABLO MENDEZ KOMMER LØBENDE.

                    MENDEZ
                (råber i forbifarten)
          Vi tager ham, Mike!

Han sætter efter Cotta, med pistolen fremme. Skud lyder.

Michael Dunkirk kommer på benene, rystet af Cottas
mavepuster. Han kæmper for at få vejret og vil tilslutte sig
deputyens jagt, men Chelsea Derringer holder fast i ham.

                    DERRINGER
          Gå ikke fra mig!

Hun kaster sig grædende ind i Dunkirks arme.

                    DERRINGER (CONT'D)
          Åh. Mike!

Mens lyden af deputy Mendez' jagt på Cotta fortaber sig i
byen, står Dunkirk og Derringer og holder om hinanden.
Dunkirk aer hendes hår.

                    DUNKIRK
          Så, så!

                    DERRINGER
                (græder)
          Det var McLeans makker. Han passede
          mig op og skød sheriffen, som ville
          hjælpe mig.

Hun peger på liget af Hagstrom, men vender straks hovedet
bort fra det blodige syn.

Dunkirk frigør sig fra hendes omklamring. Han går hen til
liget og undersøger Hagstroms lommer.

Han finder pengetransportens tidstabel, som han lægger i sin
egen inderlomme.

                    DUNKIRK
               (undrende)
          Hagstrøm kom til for at hjælpe, og
          Cotta skød ham i *baghovedet*?

                    DERRINGER
          Det var en likvidering.
               (slår armene om sig selv)
          Kan vi gå et andet sted hen?

Dunkirk blæser kinderne op. Nikker så.

                    DUNKIRK
          Lad mig følge dig op til din mor
          nu.

                    DERRINGER
          Nej, Mike. Bliv hos mig.


EXT. MIZPAH HOTEL - NAT

Dunkirk hjælper en tydeligt rystet Derringer ud af sin bil.


INT. MIZPAH HOTEL - NAT

Dunkirk stikker natportieren en seddel og tager Derringer med
op i elevatoren.


INT. HOTELVÆRELSE PÅ MIZPAH HOTEL - NAT

Dunkirk gelejder Derringer hen i sofaen, hvor hun straks
glider ned at ligge mod armlænet.

Han klirrer med glas og en flaske bourbon.

                    DERRINGER
          Ingen is. Jeg trænger til varme.

Han skænker to store glas. De drikker. Han tager det tomme
glas fra hende og stiller det på sofabordet. Han sætter sig
ved siden af sofaen på gulvet. Hun lægger armene om ham og
kysser ham lidenskabeligt.

Hun krænger jakken af ham.

Telefonen ringer. Dunkirk trækker telefonstikket ud, løfter
hende op og bærer hende over i soveværelset.


INT. SOVEVÆRELSE PÅ MIZPAH HOTEL - NAT

Dunkirk og Derringer har lidenskabelig sex.

INT. SOVEVÆRELSE PÅ MIZPAH HOTEL - SENERE PÅ NATTEN

Hvide dametrusser med silkemærkat ligger på gulvet. Sengen er
rodet. Dunkirk og Derringer ligger nøgne, kun halvvejs
tildækket af dynen. De kærtegner hinanden.

                    DUNKIRK
          Cotta kaldte dig Veronica.

                    DERRINGER
          Den psykopat.

Hun trækker dynen op til skulderen.

Dunkirk trækker den længere ned igen. Han kærtegner hendes
arm og hendes ansigt og nyder synligt at se på hende imens.

                    DUNKIRK
          Veronica Lake?

Hun ler genert, men smigret.

                    DUNKIRK (CONT'D)
          Din mor siger, du drømte om en
          filmkarriere.

                    DERRINGER
             (smiler erfarent)
          Det kræver ben i næsen. Mænd står i
          kø for at udnytte en kvinde, hvis
          hun er for godtroende. Dig, der har
          arbejdet i LA - du må da kende
          Hollywood.

                    DUNKIRK
          Har jeg set nogen film, du var med
          i?

                    DERRINGER
          Det håber jeg ikke.

                    DUNKIRK
          Hvad spillede du af roller?

                    DERRINGER
          'Anden husmor i supermarkedet',
          'Kvinde med barnevogn på fortov'
          ...

                    DUNKIRK
          Spændende.

                    DERRINGER
             (affærdiger hans falske
              benovelse)
          B-film.
                    (MORE)

                    DERRINGER (CONT'D)
Jeg holdt den kørende med
serveringsjobs, men det var ikke et
liv, jeg kunne byde Marilyn i
længden. Jeg vil gøre alt for, at
Marilyn ikke ender i kløerne på de
samme klamme gribbe, som jeg
gjorde.

                    DUNKIRK
Du ser ud til at klare dig fint.

                    DERRINGER
Jeg vil hellere være en småkedelig
bankkasserer end kastebold for
dårlige mænd.

                    DUNKIRK
Er Marilyns far en dårlig mand?

                    DERRINGER
Nej. Korporal Frank Austin var fin
og retskaffen. Desværre faldt han
bare på Iwo Jima, før jeg opdagede,
jeg var gravid. Vi blev aldrig
gift, så der var ingen enkepension
fra Uncle Sam.

                    DUNKIRK
Det er jeg ked af.

                    DERRINGER
Hvordan kan du overhovedet selv
ligge her sammen med mig? Har en
flot fyr som dig slet ingen kone
eller kæreste til at holde ham i
ørerne?

                    DUNKIRK
En eks, der har giftet sig med
fabrikanten af landingsstel til
Lockheeds F-80 Shooting Star.

                    DERRINGER
     (ironisk)
Sejt. Har du altid drømt om at
blive strisser?

                    DUNKIRK
Jeg ville være helten, der reddede
prinsessen.

Han vender hende om på ryggen og læner sig hen over hende.

(Fade out)

O.S.: En bruser risler i baggrunden.

O.S.: På tæt hold bliver der banket på en dør.

(Fade in)


INT. HOTELVÆRELSE - NÆSTE MORGEN

Dagslys falder ind gennem vinduerne. Michael Dunkirk kommer
ud fra soveværelset i morgenkåbe.

                    DUNKIRK
          Bare stil det henne ved vinduet.

Han åbner døren, men gør et 'double take', da han ser, hvem
der står udenfor.

Pablo Mendez, der plejer at opføre sig beskedent og *low key*,
træder brysk ind over tærsklen. Han er ubarberet og ser uvant
vred ud.


                    MENDEZ
          Du ved godt, at Mizpah Hotel er
          hjemsøgt?

                    DUNKIRK
          Godmorgen, Pablo.

                    MENDEZ
          Din telefon har ikke virket hele
          natten, men jeg tænkte, du måske
          gerne ville vide, om vi fik fat i
          Cotta.

                    DUNKIRK
          Fik I fat i Cotta?

                    MENDEZ
             (et sted mellem had og
              hån)
          Vi kunne have taget ham, du og jeg
          sammen. I stedet har jeg nu været
          rundt og sat plakater op.

Han ruller en 'Wanted'-plakat ud med forstørrede mugshots af
Cleveland McLean og Perry Cotta.

På badeværelset er bruseren holdt op med at risle, da det
banker på døren igen.

Denne gang er det roomservice - en ung mand i hoteluniform,
der kører et anretterbord ind med morgenmad til to, får en
mønt i drikkepenge og hurtigt fortrækker.

                    DERRINGER (O.S. FRA BADEVÆRELSET)
          Gud, Mike, du gjorde mig sulten i
          nat!

Dunkirk undgår Mendez' vidende blik.

DERRINGER (O.S. FRA
BADEVÆRELSET) (CONT'D)
Hørte jeg morgenmaden banke på?

Hun kommer ud fra badet i en åben badekåbe og med et
håndklæde viklet om håret. Hun ser Mendez.

Langsomt, uden at afbryde øjenkontakten med ham, lukker hun
badekåben.

DERRINGER (CONT'D)
Åh. Godmorgen, deputy.

Efter en akavet pause:

DERRINGER (CONT'D)
Du trænger til en kop kaffe.


INT. HOTELVÆRELSE (FORTSAT)

Mendez tager imod den kop kaffe, Derringer skænker til ham
fra rullebordet.

DERRINGER
Sid ned.

MENDEZ
Nej tak.

DERRINGER
Så tag den stående.

Hun smører en bolle, som han modtager tøvende, men spiser
hurtigt. Han skyller efter med kaffen, uden at tage øjnene
fra hende.

MENDEZ
Nåede Gene at tale med Dem, før
Cotta skød ham?

Hun udveksler et blik med Dunkirk.

DERRINGER
Nej. Cotta skød sheriffen, da han
ville hjælpe mig.

MENDEZ
Bagfra?

DUNKIRK
Det var en likvidering.

Mendez siger ingenting, men en lille trækning ved øjnene
røber hans berettigede tvivl.

                    DUNKIRK (CONT'D)
          Hvad handler alle de spørgsmål om,
          Pablo?

Mendez ignorerer ham. I stedet for at svare fortsætter han
med at afhøre Derringer:

                    MENDEZ
          Forskellige indicier på
          bankdirektør Howards kontor
          antyder, at han havde et intimt
          forhold til en kvinde.

                    DERRINGER
          På kontoret?

                    DUNKIRK
          Hvad er det for indicier?

                    MENDEZ
          Silkelingeri.

Dunkirk sender Derringer et vidende blik.

                    DERRINGER
             (cool)
          Mr. Howard arbejdede tit over, når
          vi andre gik hjem.

Mendez lader påstanden hænge i luften, inden han kommer til
pointen:

                    MENDEZ
          Hagstrom sikrede sig
          pengetransportens køreplan, i fald
          Mr. Howards elskerinde havde
          efterladt sine fingeraftryk i den.

Dunkirks blik flakker til Derringer.

                    DUNKIRK
             (til Mendez)
          Fandt I aftryk, der kunne
          identificeres?

                    MENDEZ
          Køreplanen er væk.

Dunkirk slår ud med armene, tilsyneladende uvidende om, hvor
køreplanen er.

Derringer ryster også på hovedet.

Mendez kigger på dem begge med uforstilt væmmelse, før han
nikker afmålt.

                    MENDEZ (CONT'D)
          Nå, men jeg fortsætter med at sætte
          plakater op.

Han forlader værelset.

                    DUNKIRK
               (efter Mendez)
          Vi ses på sherifkontoret.

Han lukker døren. Så sender han Derringer et olmt blik.

                    DUNKIRK (CONT'D)
               (forarget)
          Silketrusser?

                    DERRINGER
               (forurettet)
          I nat elskede du silke.

Dunkirk ryster på hovedet.

                    DUNKIRK
          Var du forelsket i ham?

                    DERRINGER
          Skal du nu også være en af de mænd?

                    DUNKIRK
          Vi taler drab og kidnapning.

                    DERRINGER
          Johnson var mors gamle
          klassekammerat.
               (fnyser)
          Hun tror, han gjorde sådan en god
          gerning ved at give mig jobbet i
          banken, men han tog mig ikke for
          min hovedregnings skyld.

                    DUNKIRK
          Jeg så ellers dine eksamensbeviser
          i personalemappen. Du er dygtig.
          Hvorfor fandt du ikke bare et andet
          job?

                    DERRINGER
          I Tonopah, som enlig mor uden en
          far at vise frem? Det spørgsmål kan
          vist kun en mand stille.

                    DUNKIRK
          Var du sammen med McLean og Cotta
          om overfaldet?

                    DERRINGER
                  (fornærmet)
          Farvel, Mike. Du finder sikkert en
          anden prinsesse, du kan fordømme.

Hun går hen til døren, men Dunkirk tager hende i armen. Han
hiver køreplanen frem fra sin jakke på knagerækken og vifter
med den.

                    DUNKIRK
          Skal jeg selv få den undersøgt for
          fingeraftryk?

                    DERRINGER
                  (hånligt)
          Skal jeg spørge Pablo, hvad han så
          dig gøre ved mig den dag, du fandt
          mig afklædt og hjælpeløs i hytten?


EXT. SHERIFKONTORET - DAG

Dunkirk stiger ud af sin bil og går hen til den åbne
Cadillac, som McLean brugte til sin flugt, og som nu står i
vejkanten. Bilens motorhjelm er oppe.

Pablo Mendez og CHARLY SCHRODIG (40-år, funktionærtype i
skjorteærmer) står bøjet over motoren. De retter sig op, da
Dunkirk når frem.

                    MENDEZ
          Det er Charly Schrodig, som ejer
          flugtbilen.

                    SCHRODIG
          Men jeg har ikke noget med
          kidnapningen at gøre. Min bil blev
          stjålet fra det værksted, hvor jeg
          fik den serviceret.

                    MENDEZ
          Det har vi forstået, Mr. Schrodig.
                  (forklarer til Dunkirk)
          Den blev stjålet i Beatty, tres mil
          syd for Route 266, hvor McLean
          efterlod sin Hudson Commodore.

                    SCHRODIG
          Nummerpladerne er falske, men I kan
          se på værkstedets kvittering her,
          det er mit navn, der står på. Dato
          og miles og stelnummeret passer. De
          havde stillet bilen ud til gaden
          med nøglen på højre forhjul, som de
          plejer, så jeg kunne hente den
          efter fyraften.

                    MENDEZ
              (stadig til Dunkirk)
         Tres mil syd for Beatty, men læg
         mærke til kilometertælleren.

                    DUNKIRK
              (stikker hovedet ind i
               bilen)
         Hvad med den?

                    MENDEZ
         Hvis Schrodig her ikke havde kørt i
         bilen efter værkstedsbesøget ...

                    SCHRODIG
         Det havde jeg ikke.

                    MENDEZ
         ... og vi må gå ud fra, at McLean
         heller ikke selv kørte unødvendige
         svinkeærinder i en stjålet bil,
         hvordan er de ekstra miles så
         kommet på?


EXT. HYTTE I SPØGELSESBYEN - DAG

Støvet står om deputyens bil, da Mendez og Dunkirk stiger ud.
De kaster blikke rundt på terrænet uden for hytten, hvor
McLean tilsyneladende havde efterladt Derringer lænket og
bedøvet.

Yucca-træet ser hele tiden ud til at ville knække ned over
landevejen.

                    MENDEZ
         Der er langt herud fra Beatty og
         tilbage til Tonopah, men ikke så
         langt, som Cadillacens
         kilometertæller påstår.

                    DUNKIRK
         Hvor mange overskydende mil taler
         vi om?

                    MENDEZ
         To hundrede. Hundrede mil frem og
         hundrede tilbage herfra. Men til og
         fra hvad?

Han skygger øjnene mod solen og ser sig omkring.

                    MENDEZ (CONT'D)
         Hvad ligger der inden for hundrede
         mil, som Cleve McLean ville spilde
         tid på, inden han forsvandt over
         alle bjerge med pengene?

                    DUNKIRK
          NTS?

Han skygger for solen med en hånd over øjnene. I syd, hvor
sletten flimrer i varmen og lyset, synes ørkenen at rumle, og
lige over horisonten ligner alle skyformationer efterhånden
atomeksplosionernes paddehatte.

                    MENDEZ
          Testcenteret for
          atomprøvesprængninger?
                    (giver tanken en fair
                     chance)
          Hvad skulle McLean have villet der?

                    DUNKIRK
          Gemme pengene et sted, hvor ingen
          tør lede efter dem?

                    MENDEZ
                    (deadpan)
          En slags hvidvask, der ikke bare
          renser sedlerne, men gør dem
          selvlysende af radioaktivitet?

Dunkirk leder forgæves efter tegn på ironi hos Mendez.
Magtbalancen er virkelig tippet mellem de to mænd.

                    MENDEZ (CONT'D)
                    (sarkastisk)
          Selvlysende sedler. Genial idé,
          Mike. Den skulle du tage og
          patentere, hvis kommunisterne
          mørklægger nationen.
                    (Kigger på hytten)
          Det må være luften, der inspirerer.
          Hvorfor tog vi ikke herud meget
          før?


INT. HYTTE - DAG

Mendez ser nærmere på hyttens snavsede indre: det uordentlige
køkken, radioen, den rodede seng.

Dunkirk følger med som det tynde øl.

Mendez sætter sig på hug ved den lyse plet på gulvet, hvor
gulvbrædderne er renere end alle andre steder, fordi Chelsea
Derringer tidligere skrubbede McLeans blod væk. Han stikker
spidsen af sin lommekniv ned i en sprække og kratter lidt
brunligt snavs frem.

                    MENDEZ
          Størknet blod.

Han kigger op og får øje på det lille runde hul i væggen, som
Chelsea lirkede den flyvske pistolkugle ud af.

                    MENDEZ (CONT'D)
          En eller anden har forsøgt at dække
          over et drab.

                    DUNKIRK
          Det forklarer måske de overskydende
          to hundrede mil på
          kilometertælleren. Måske var det
          liget fra det drab, McLean kørte ud
          for at gemme?

                    MENDEZ
          Måske. Men hvem skulle det lig have
          været?


INT. DEPUTYENS POLITIBIL PÅ VEJ HJEM - DAG

Pablo Mendez kører. Michael Dunkirk kigger ud over det
støvede landskab fra passagersædet. Mens klipperne og de
udtørrede salviebuske glider forbi, bryder Mendez omsider
tavsheden.

                    MENDEZ
          Og hvorfor skulle McLean pludselig
          være blevet for sart til at
          efterlade et lig i hytten? Han, der
          gladelig ofrede sin blødende makker
          i banken?

                    DUNKIRK
          Måske var det en anden, der kørte
          de to hundrede ekstra mil.

Mendez knipser med fingrene.

                    MENDEZ
          Mike, du siger noget.

Straks efter ryster han på hovedet i falsk forundring.

                    MENDEZ (CONT'D)
          Jeg tænker, så det knager. Hvem
          *kunne* den anden dog tænkes at have
          været?

Ubevidst gør Dunkirk en smertens grimasse, men et kald fra
politiradioen forskåner ham fra flere ydmygelser.

                    JACK (I POLITIRADIOEN) (O.S.)
          Pablo? Kan du høre mig?

Mendez tager mikrofonen.

                    PABLO
             (ind i mikrofonen)
          Kom ind, Jack. Jeg hører dig.

                    JACK (I POLITIRADIOEN)
          Når du kommer hjem, har jeg lige
          haft en husejer i røret, der kunne
          genkende sin lejer på dine Wanted-
          plakater.


EXT. BAGGÅRD TONOPAH - DAG

Dunkirk og Mendez banker på en slidt dør i stueetagen på en
faldefærdig ejendom. UDLEJEREN (60 år, uvasket og overvægtig,
i undertrøje) åbner døren.

Dunkirk viser sit FBI-skilt frem.

                    UDLEJEREN
               (til Mendez)
          Jeg kunne straks kende ham på din
          plakat. Han skylder mig for en uges
          husleje.

                    MENDEZ
          Hvor længe har han boet her?

                    UDLEJEREN
          I fjorten dage.

                    DUNKIRK
          Han brugte tiden på at planlægge
          kuppet.

Mendez og udlejeren ignorerer ham.

                    MENDEZ
               (til udlejeren)
          Må vi se hans lejlighed?


INT. UDLEJNINGSEJENDOM - DAG

Opgangen er slidt. Noget af gelænderet på trappen op til
første sal mangler.

Udlejeren åbner døren til en etværelses med snavset tekøkken
og rodet seng.

Dunkirk åbner og lukker køkkenskabene.

                    UDLEJEREN
          Hvad regner I med at finde?

Dunkirk skubber udlejeren ud af rummet.

                    DUNKIRK
          Vi skal lige have arbejdsro.

Dunkirk og Mendez undersøger værelset, men finder intet.

                         MENDEZ
               Han havde ret. Hvad regner du med
               at finde?

Det banker på døren. En dæmpet stemme hvisker:

                         STEMME (O.S.)
                    (hvisker)
               Cleve, det er mig. Har du fået nye
               varer hjem?

Dunkirk rykker døren op. En forskrækket mand, KUNDEN (35,
bleg, tynd), viger tilbage.

Dunkirk tager fat i manden og trækker ham ind i rummet.
Kunden ryster af skræk.

                         DUNKIRK
               Hvem er du?

                         KUNDEN
               Overboen. Jeg troede, Cleve var
               kommet hjem.

                         DUNKIRK
               Hvad var det for varer, Cleve
               skulle give dig?

                         KUNDEN
               Ikke noget.

                         DUNKIRK
               Han er eftersøgt for mord.

                         KUNDEN
               Det har jeg ikke med at gøre.

                         DUNKIRK
               Vis mig dit værelse.


INT. EN ETAGE LÆNGERE OPPE - DAG

Kunden lukker dem ind i sit rum, der er endnu mere snavset og
rodet end McLeans etværelses.

På væggen hænger et hvidt filmlærred. En filmfremviser
står på bordet. Spolefilmen på fremviseren passer til den
runde metalæske, som også ligger der. På metalæskens etiket
står der: 'Atomic Sexbomb.'

                         DUNKIRK
               Well, well, well. Hvad har vi her?
               Porno?

Kunden vrider sine hænder

                    DUNKIRK (CONT'D)
                 (Åbner metalæsken)
          Har du flere film?

                    KUNDEN
          Kun den ene, og den var kun til
          låns.

                    DUNKIRK
                 (formelt)
          Så vil det næppe genere dig, at jeg
          beslaglægger filmen under
          henvisning til de føderale Comstock
          Laws vedrørende obskønt materiale.

Dunkirk tager filmrullen af fremviseren og lægger den i
æsken.


EXT. UDLEJNINGSEJENDOMMEN - SIDST PÅ EFTERMIDDAGEN

Dunkirk har taget metalæsken og filmfremviseren med ned på
gaden, hvor han står sammen med Mendez.

                    MENDEZ
          Jeg skulle hilse fra Rita. Hun vil
          gerne invitere dig på en gang
          aftensmad.

                    DUNKIRK
          Gerne en af de næste aftener. Lige
          nu har jeg kontoret i L.A. på
          nakken. De rykker for en rapport.


INT. DUNKIRKS HOTELVÆRELSE - AFTEN

Dunkirk tager et billede fra væggen for at bruge det hvide
tapet som filmlærred.

Han sætter filmfremviseren til stikkontakten og monterer den
beslaglagte film på spolen. Han trækker gardinerne for,
sætter sig i en lænestol og starter filmen.

Det indledende flimmer inkl. tilfældige cifre viger for
filmens titel og rulletekster: 'Atomic Sexbomb starring
Veronica Velvet.'

På skærmen lægger Chelsea Derringer, dybt nedringet, an på at
forføre en villig mand.


INT. HJEMME HOS MENDEZ - AFTEN

Pablo hænger hatten på knagerækken og går ind til Rita, som
er ved at dække bord til tre. Han kysser hende kærligt og
snuser til den dampende gryde på komfuret.

                    RITA
          Kommer du alene?

                    MENDEZ
          Mike skal rapportere hjem til
          hovedkontoret, siger han.

Telefonen ringer. Pablo tager den.

                    PABLO
               (til telefonen)
          Hallo?

                    STEMME I TELEFONEN
               (knitrende langdistance-
                lyd)
          Pablo Mendez?

                    MENDEZ
          Det er mig.


                    STEMME I TELEFONEN
          Jack inde på jeres kontor har lige
          fortalt mig om Hagstrom. Jeg
          kondolerer. Gene var en god mand.

                    MENDEZ
          Hvem taler jeg med?

                    STEMME I TELEFONEN
          Gus Rensenbrink fra L.A. Gene og
          jeg delte samme beat nord for
          Hollywood, før han rejste hjem til
          Nevada. Han havde bedt mig om at
          samle sammen, hvad jeg kunne finde
          af snavs på et vist jakkesæt ved
          navn Michael Dunkirk.

                    MENDEZ
          Ja?

                    RENSENBRINK I TELEFONEN
          Jeres ven Dunkirk er sexgal. En
          maniac. Bureauet gav ham valget
          mellem enten af få sparket eller at
          blive sendt ud i ørkenen til
          Tonopah. Jeg sendte nogle
          avisudklip til Gene på
          sherifkontoret, hvis du vil se
          mere.


INT.HOTELVÆRELSE - AFTEN

Dunkirk sidder bag foretrukne gardiner, optændt af filmen,
som filmfremviseren kaster op på den hvide væg.

I filmen sætter Chelsea Derringer (under kunstnernavnet
Veronica Velvet) sig overskrævs på den mand, hun er i gang
med at forføre. Hendes kjole glider op ad lårene. Manden kan
ikke holde fingrene fra hendes bryster.

                    VERONICA VELVET (PÅ LÆRREDET)
          Ja, darling. Gør det!


KAMERAET SVINGER OM PÅ DUNKIRK, HVIS ØJNE AFSPEJLER HANS
VOKSENDE OPHIDSELSE. HAN TRÆKKER VEJRET TUNGT.

Veronica Velvet (O.S.) sukker og stønner og siger kælne lyde.

Dunkirk sveder. Hans pupiller spejler handlingen på skærmen,
hvor Derringer nu har uhæmmet sex med den overvældede mand.


INT. SHERIFKONTORET - NAT

Kun en skrivebordslampe oplyser kontoret. Jack,
radiooperatøren, sidder bøjet over sit arbejde.

Mendez kommer ind fra gaden og tænder for loftslyset.

                    MENDEZ
          Sover du aldrig, Jack?

                    JACK
          Jo, når der ikke sker noget.
              (tager en tår af sit
               kaffekrus)
          Der kom noget post til Gene. Med
          kurer.

Han klapper på den grove konvolut, som ligger på bordet.

Mendez åbner konvolutten, der indeholder en håndskrevet
hilsen fra Gus Rensenbrink til Hagstrom og nogle avisudklip
fra 'Confidential,' 'Hush-Hush' og 'Los Angeles
Mirror.'

Overskrifterne lyder: 'Voldtog han Bunny?', 'FBI-mandens
tagselvbord' og "Noget for noget'. Artiklerne handler om en
neddysset skandale i FBI, hvor en agent tog for sig af de
skuespillerinder fra pornoindustrien, hvis ulovlige
virksomhed han var udsendt for at efterforske.


INT. HOTELVÆRELSE - AFTEN

I lyset af den flakkende pornofilm på væggen bladrer Dunkirk
i den lokale telefonbog. Han finder navnet 'Derringer,
Chelsea' og noterer sig hendes adresse på Booker Street.

EXT. BOOKER STREET - AFTEN

Dunkirk springer ud af sin Stylemaster og ringer på
dørklokken ved 'C. Derringer'.

Efter en tid knitrer samtaleanlægget.

                    DERRINGER
               (i samtaleanlægget)
          Hvad vil du?

                    DUNKIRK
          Snakke med dig.

                    DERRINGER
          Gå!

Han går ikke.

Oppe fra et vindue kigger hendes skygge ned på ham.

Endelig summer det, låsen klikker, og han skubber døren op
til en trappeopgang uden elevator.


INT. DERRINGERS LEJLIGHED - NAT

Derringer venter ham i en åben dør på anden sal, hvor hun
skyder hoften frem.

                    DERRINGER
          Michael, hvor hyggeligt.

Han presser hende ind i entréen og sparker døren i bag sig.

                    DUNKIRK
          Du spillede andet end 'Anden husmor
          i supermarkedet' og 'Kvinde med
          barnevogn', *Veronica Velvet*.

                    DERRINGER
          Er det derfor, du har jern på?

Han presser hende op ad væggen.

                    DERRINGER (CONT'D)
          Vil du anholde mig straks, eller
          vil du kneppe mig først? The Atomic
          Sexbomb, kendt fra det store
          snavsede baggårdslærred?

Hun åbner hans bukser.

Hun tager hans rejsning frem.

                    DERRINGER (CONT'D)
          Hvordan kan vi lide det i dag?
          Blidt som for nylig, eller er
          romantikken lidt slidt?

Hun trækker op i sin kjole og ned i trusserne.

                    DERRINGER (CONT'D)
          Er vi til en mere hårdtslående
          cocktail?

Dunkirk presser hendes hænder bagover.

                    DUNKIRK
          Er det ikke bare sjovt, at alle de
          onde mænd, du angiveligt har været
          i kløerne på, er væk eller døde?

                    DERRINGER
          Hvad mener du?

                    DUNKIRK
          Howard, McLean, Hagstrom, Cotta.

Han trænger ind i hende. Derringer knurrer af vrede og
fornærmelse - og efterhånden af Veronica Velvets
professionelle lyst på lærredet.

                    DERRINGER
          Ja, det er godt, Mike. Straf mig.
          Giv mig det, jeg har godt af.


INT. DERRINGERS ENTRÉ - NAT

Dunkirk og Derringer er midt i deres stående samleje, da det
banker på døren.

                    ABIGAIL (O.S.)
          Chelsea! Luk op!

Derringer skubber Dunkirk fra sig.

                    DERRINGER
          Det er mor

De netter sig febrilsk. Hun trækker kjolen ned, han
trækker bukserne op.

Stadig stakåndet åbner hun døren.

                    DERRINGER (CONT'D)
          Mor! Hvad sker der?

Abigail ænser ikke Dunkirks og Derringers ophidselse. Hun
tager sin datter i et hårdt favntag.

                    ABIGAIL
          Cotta stjal Marilyn. Han kidnappede
          hende.

                    DERRINGER
               (tager hænderne op om
                kinderne)
          Nej!

                    DUNKIRK
          Hvor er han henne?

                    ABIGAIL
          Væk!

Hun går på en armslængdes afstand til Chelsea og taler
indtrængende til hende.

                    ABIGAIL (CONT'D)
          Han kræver byttet fra banken for at
          aflevere Marilyn. Han påstår, du
          har pengene. Jeg sagde, han måtte
          have knald i låget. Hvor skulle du
          have de penge fra?

Derringer sænker blikket.

                    ABIGAIL (CONT'D)
               (tager sig til struben)
          Sig, det er løgn!

Chelsea bryder hulkende sammen. Hun kaster armene om sin mor.

                    DERRINGER
          Jeg tog dem jo for Marilyns skyld.


EXT. ØRKENVEJ - MORGEN

Dunkirks grønne 1952 Chevrolet Stylemaster kører ind i
solopgangen. Endnu en smuk dag vågner i ørkenen. Det ser
romantisk ud - indtil kameravinklen skifter, og stemningen
skifter med den:


INT. STYLEMASTER - MORGEN

Dunkirk kører, Derringer sidder tavst og trykket op mod
passagerdøren, så langt væk fra ham, som hun kan komme.

                    DUNKIRK
               (irriteret)
          Tænkte du slet ikke på risikoen,
          dengang du gjorde fælles sag med
          Cotta og McLean?

                    DERRINGER
               (tvært)
          Har du selv børn?

                    DUNKIRK
          Hvad har det med noget at gøre?

                    DERRINGER
          Så knyt sylten.

                    DUNKIRK
               (surmuler)
          Jeg sætter min karriere på spil for
          dig, ved du godt.

                    DERRINGER
          Åh, for helvede. Din flossede
          karriere for min datter. Skulle det
          være så dyr en pris?

Dunkirk kører hurtigere, end vejen er beregnet til. Bilen
hopper og bumper i slaghullerne. Støvet står efter den.

Han kigger ind i bakspejlet.


KLIP TIL BAKSPEJLET:

En tilsvarende støvsky, der kan skyldes en anden bil, følger
efter dem. Samtidig ligner den bare alt det andet støv, som
blæsten hvirvler op mange steder i det tørre landskab.


EXT. HYTTE - FORMIDDAG

Uden for den faldefærdige hytte, hvor det tørre yucca-træ
hænger halvvejs ned over kørebanen, sætter Dunkirk farten
ned.

                    DUNKIRK
          Hvad så herfra?

                    DERRINGER
               (tager en dyb indånding)
          Tolv mil øst, og så ned sydpå.

Dunkirk tjekker bakspejlet. I det mindste synes de ikke
længere at have den fremmede støvsky på slæb.


EXT. PLATEAU MED DE TRE KLIPPETOPPE - MIDDAG

Dunkirk stiger ud af Stylemasteren. Han blinker med øjnene og
strækker sig. Derringer viser ligeledes tegn på udmattelse
efter en lang køretur.

Dunkirk kigger ned over afgrunden på den sprække i klipperne, som Derringer i sin tid smed liget af McLean ned i. Langt nede ses liget stadig, nu bare halvt ædt af vilde dyr.

Han trækker sig tilbage fra kanten.

                    DUNKIRK
          Hvor er byttet?

Derringer tager ham med hen til den snævre hule, hvor pengesækken ligger. Hun tager pengesækken ud og giver ham den.

Mens Dunkirk åbner sækken for at sikre sig, der ligger penge i, tager hun hemmeligt pistolen fra dens skjul bag ved kampestenen og lader pistolen forsvinde i sin håndtaske.

                    DERRINGER
          Tilfreds med resultatet?

                    DUNKIRK
              (lukker pengesækken)
          Ved Cotta, hvor mange penge der var
          i?

                    DERRINGER
          Du skal ikke tage chancer, når det
          gælder Marilyn.

                    DUNKIRK
          Der kunne være rigeligt til os
          begge to, når vi har pløkket ham.


EXT. HYTTEN SET FRA ØST - EFTERMIDDAG

På hjemvejen tvinges Dunkirks Stylemaster til at standse uden for hytten, fordi yucca-træet omsider er faldet om og afspærrer landevejen.

                    DUNKIRK
          Fandens!

Han står ud af bilen og gør et latterligt forsøg på at trække træet til side.

Derringer står og kigger på.

                    DUNKIRK (CONT'D)
          Er der en sav i skuret?

                    DERRINGER
          Hvor skulle jeg vide det fra?

Dunkirk går ind på grunden, men standser, da Cotta kommer rundt om skurets hjørne.

Dunkirk trækker sin pistol op af lommen, men Cotta skyder
først og rammer ham. Dunkirk falder om, dødeligt ramt.

Et skud mere lyder. Cotta ser forbløffet ud. Han kigger ned
ad sig, ser skudhullet i sit bryst, kigger på Derringer med
McLeans pistol i hånden og falder om, ligeledes død.


EXT. HYTTE - EFTERMIDDAG

Derringer tørrer det våben, hun skød med, i Dunkirks jakke og
lægger pistolen ind mellem hans fingre. Hun lægger hans egen
pistol tilbage i hans lomme og tørrer sine fingeraftryk af
den også.

En bilmotor lyder (O.S.)

Deputyens bil kommer kørende og standser på den vestlige side
af det væltede yucca-træ.

Pablo Mendez stiger ud og kommer nærmere, pistol i hånden.
Hans blik vandrer fra det ene lig til det andet og så til
Derringer.


EXT. HYTTE - EFTERMIDDAG (FORTSAT)

Derringer returnerer Mendez' blik.

                    DERRINGER
          Og hvad er det så, *du* vil mig,
          deputy? Pengene eller min krop?

Mendez ryster på hovedet.

Han finder et slæbetov i sin bils bagagerum, spænder yucca-
træet fast til bilen og trækker det væk fra vejen.

Lige da han bliver færdig, kommer en Studebaker kørende fra
Tonopah.

Mendez trækker sin pistol.


EXT. HYTTE - EFTERMIDDAG (FORTSAT)

Abigail stiger ud af Studebakeren sammen med Marilyn.

Mens Chelsea Derringer tager pigen i sine arme, udveksler
Abigail og Mendez nogle bemærkninger.

                    ABIGAIL
          (peger på hans pistol)
          De kunne vel ikke finde på at skyde
          på tre ubevæbnede kvinder, deputy?

                    MENDEZ
              (stikker pistolen ned i
               hylsteret)
          De kæmper med Deres egne våben,
          Mrs. Derringer.

Han går hen til pigen og smiler.

                    MENDEZ (CONT'D)
          Hej Marilyn. Jeg er glad for at se,
          du har det godt.

Hun smiler tilbage til ham.

                    ABIGAIL
              (til Marilyn)
          Hop ind i mormors bil igen.

Derringer tager som det mest naturlige pengesækken fra
Dunkirks bagagerum og stuver den over i Studebakeren. Så
sætter hun sig ind på sofasædet til de to andre, med sin mor
ved rattet og sin datter i midten.

Mendez, der har ladet det ske, bøjer sig ned til Abigails
åbne vindue og taler til Marilyn.

                    MENDEZ
          Kan du nu have det godt.

Han giver hende sit visitkort.

                    MENDEZ (CONT'D)
          Her står mit nummer. Pas godt på
          det, og hvis du nogensinde får brug
          for hjælp, så ring. Vil du love mig
          det?

Pigen nikker.

                    MENDEZ (CONT'D)
          Også om ti år, når du bliver stor,
          og om tyve år, når du er voksen.

Pigen nikker igen, alvorligt.


KLIP TIL HIMLEN: EN PADDEHATTESKY STIGER TIL VEJRS I SYD.


EXT. STUDEBAKER - EFTERMIDDAG (FORTSAT)

Mendez har kigget op på skyen. Han bøjer sig ned igen.

                    MENDEZ
              (giver Marilyn et rent
               lommetørklæde)
          Hold det for munden, hvis blæsten
          bærer skyen henover.

                    ABIGAIL
          Er vi færdige nu, deputy?

                    MENDEZ
          Ikke helt.

Han henvender sig til Chelsea Derringer.

                    MENDEZ (CONT'D)
          *De*, miss Derringer, vil gøre alt
          for, at Marilyn aldrig nogensinde
          får brug for min hjælp.

Hun synker et modsvar. Så nikker hun.

Bilen begynder at køre.

I skyggen af paddehatten kigger han efter bilen med de tre
kvinder, der forsvinder hen ad vejen mod øst, med aftensolen
i ryggen.


EXT. HYTTE - TIDLIG AFTEN

Mens Mendez rydder op efter skyderiet, kommen en åben jeep
med en menig soldat ved rattet og en sergent på passagersædet
kørende og holder ind til siden.

Sergenten læner sig ud.

                    SERGENTEN
          Er der noget, vi kan hjælpe med,
          deputy?

                    MENDEZ
          Tak for tilbuddet, sergent, men alt
          er under kontrol.

Jeepen kører videre.

Mendez går hen til sin bil og rækker ind efter radioens
mikrofon.

                    MENDEZ (CONT'D)
              (til radioen)
          Jack, kan du høre mig?

Radioen knitrer.

                    JACK (O.S.)
          Kom ind, Pablo. Jeg hører dig.

                    MENDEZ
          Det ligner et shootout her ved
          hytten. Cotta og Dunkirk er døde.
          McLean må være stukket af med
          pengene.

                    JACK (O.S.)
Hvor er damerne?

                    MENDEZ
Mit bedste gæt er Hollywood.


                    THE END